舞鶴作品集 1

悲傷

舞鶴

新版代序／

就是要這樣第一次就一口咬住

伊慌忙拉扯褲鏈，終於咬住、青春以來在想像中演練過無數次、一口咬住男人的屌——穿著冬天藍黑制服長褲外套打著紅色領結，十八歲讀大一的馨小姑娘，是否她思想過第一次體驗男「性的方式」：她不要認識中一般的、從摸索撫吻開始到被壓著插入……

是這樣突然的一入門就慌亂的咬住屌：成為原創的、強迫記憶的、時光之流中一再閃現的影像。或是，她陷在極混亂的情慾中，直覺的、突發的動作，無由自主的：猶如處女初脔後，緊隨著自發的、無可抑止的長篇喃語，喃語語意模糊，可能來自潛意識隱藏在基因的某種語言，一道聲韻之流：她依偎在男人的腋窩，直到夜暗好久，默默聆聽著她／他都聽不懂的語言／語音。

「暴破」的無聲震撼，必要以一連串的喃語來抒發、緩解。處女被脔時，她的無數前世說話了，語音混融渾成一氣：「暴戳暴戮」喚醒前世無數，前世曾經經驗、閱歷暴力無數帶來傷痕印記無數。她自己聽得懂嗎：她當然聽不懂「自己」。

我渴望寫出如是的長篇小說。我最後的作品，要像處女初肏後的長篇喃語。

香，純又醇，在馨小姑娘身上。香，發自何處，動靜間源源漫散著。性愛時，自全身毛細孔滲出來，汗是香的，淫水也是：平生初次聞到如是香屄。午後一入門，風掠著體香先到，隨後盈滿周遭。可惜，她嗅不到自己的香，香自身意識不到自身的香。形容，她也想像不到：當時想，有天生這香，人生其餘便可以草草……也曾想過，這香到伊某個年紀、春或夏秋、某一日某一刻某個剎那會從伊身上消失——外在、內在被現世染污，相濡以俗膄，逐漸淡薄，積累到了最後一剎泯無了這香：「物的命運」如此，真正是人生的無奈、莫大的悲傷。

香猶在嗎，此時，馨小姑娘？也要追問自己，當時、那時那刻「活在香的當下」嗎？

有回她來時，遠處下課鐘響，倏地褪低伊長褲內小袴，站著自後肏入翹高的臀。室盈滿香。上課鐘響，這堂是必修課「——當然是必修，」使勁加速撞擊，伊喑著喉噢吼，「妳曉得一入門就會遲到誰也知道不能停現在不可以不要停——」

她的性高潮很快匿愛在臀屁深處，似野獸蠻荒原始人，本能／意識必要從後狠狠戳入、撞擊，「用力啊——再、再用力！」你聽見一個十八歲女孩懇求、命令你加把勁、用力幹——在捷運站前飯店不久前發生「捉奸事件」709房間，她要求暴力，她青春不要留白，請別客氣更別憐玉惜香，每一記都要到達內裡深處那要命的疼點、酸軟了腿筋的酥……你邊肏邊思想，你控制自己逼臨，徬徨在暴／殘的中間帶，瀕臨一線似無若有的界限——她雖韌猶嫩，畢竟是慘酷的青春，還不到豁開、決絕的時刻，寶貝不要弄壞了她……若是現在，此暮年時，你拚命最後一口氣也一定不放過幹就幹死她十八歲的嫩屁不要問以後——

發生「事件捉奸709」那日午後，性愛後近黃昏，她陪伴著一路經過校園到校門口，槭樹影中，不捨戀戀的眼神——隨後下到河堤，你陷入假日河岸的潮人間。你茫迷的逆流而上，去赴另個已婚女人的約……深夜，你被關在警分局臨河地下室的鋼柵內，——伊似乎有預感，那眼神不要你赴約。

伊對基督教青年團契有莫名的情結，禮拜的聚會姊姊們的裝扮、會話、社交以及「虔信一個超大屌的上帝」——猶如某日清晨，伊懷憂來說，醫生發現陰道內有滴蟲，必要對方倆一起去治療才有效……伊凝重臉色，垂著眼簾，你冷冷的回說：早知有滴蟲的存在同時也不存在，對你來說基督就是滴虫。

在那套房大樓的某個房間，初春夜，你坐著靜看、完全沒有性慾的坐看，伊裸體在門傍長鏡前後退前進舞蹈許久，動作間似乎也忘了你的存在——是當時少數靜心的時刻：只有舞、沒有舞者，更無看者、只有看。

夏暑清晨，同住大樓某老男誑誘伊坐機車後座去海邊偏僻，藉口幫忙個啥時，伸出老爪——當晚你領著伊去敲他門，暴厲質問他，老男低聲下氣道歉，回房後，在夜的青灰中，伊久久匍伏著吸吮你大屌……暮年的現在，真想學那老男，騙少女去野外荒郊，向「未知」伸出老爪——這老爪的伸出，向青春的肉體，見證且竊喜「暮年」活生鮮的存在，不倫的，曖昧的，畸異褻猥侵凌的，令人痛不欲生的……

恰如伸出老爪：寫作。

踢伊門，伊召警那夜……

隔天清晨，你黑衣黑褲墨鏡永遠離了那大樓社區，回台南續寫《餘生》——後來，竟脔了隔隔鄰開門來探看的伊的老師，幾年間，在她十二樓面對觀音淡水旳公寓，開發了她的屁眼，戀奸的唇吻中清晰感覺屄內淫水的潰崩，讓她在四十歲後旳生有了鮮新的性：總是，假日午後近黃昏，你上坡走在「脔氹之路」上也別有一番風情——當晚返頭對看一眼，因緣落在屁眼不思議。

忘了幾年前，某回從南方回來的午後，回淡水捷運車上，斜對座穿冬天白棉外套的女人，對望倏忽、眼光離開又回來，恍惚陌生又似乎記起，沒有動作，也無表情，只掠過一個從前的人影依稀重疊對方。我習慣將旅行的小背包放在穿夾腳拖的腳背上：她必然是嚴妝著的，化妝品的粉香是否早就掩蓋了天生的體香？北投站下車時，伊斜右眼角注意著：她經驗過他安靜斯文底下的暴狂……之前之中，她拿出手機拍了照似乎……

一無記憶伊的陰唇。是一般單薄對稱無特色的女陰嗎？也無捻玩、吮吻屄唇的印象，小胸平坦無深刻可以不論——難道一切都是「當下就了」了嗎？或是，因那體香、畸魅的暴厲臀脔掩沒了其餘？脔了百次千回，對出入的女陰沒有記憶，猶如曾經椎心瀝

血／銘骨刻心的「脅的激情」而後於今都屬枉然……時空轉換、意義失喪，如是過往人
生片斷片斷的時光是狠失落的……

初版序／原鄉人裏的異鄉人
——重讀舞鶴的《悲傷》

王德威

一九八〇年代以來，「台灣意識」成為我們美麗島上的熱門戲碼。不論是政治權力的變動，還是文化資源的消長，無不以呼喚原鄉，尋回主體為命題。歷經四百年的浮沉，這座島嶼彷彿蓄積了太多的義憤與悲情，迫不及待要向歷史討回公道。一時之間，文學界也如響斯應。為舊台灣平反，為新台灣請命，千言萬語，成為世紀末大觀。

然而跨過了千禧門檻，回顧過去十幾年台灣論述及台灣想像的轉折，我們不得不警覺它的局限。尤其當原鄉的呼喚成為原道的使命，主體的追尋成為主義的崇拜時，「台灣」所象徵的源頭活水意義，已經打了折扣。島上的激情與喧囂如今仍然方興未艾，未來的動向更不見明朗。我們將何去何從？

靜下心來讀讀舞鶴吧。眼前高談愛台灣、關心台灣歷史、社會、文化的正是大有人在，但讀過，或聽過舞鶴的又有多少？這位作家出身府城台南，過去二十六年來漂流南北。他身無長項，唯一的寄託就是寫作，但其間有十三年之久他卻隱居起來，未曾發表一字。寫或不寫，還有寫什麼，怎麼寫，於他必定是艱難的考驗。舞鶴筆下充斥被國家、政治機器斲傷的生命，沒有前途的慘綠少年，沉迷異色戀情的男女，黯然偷生的原住民，還有憂傷的、躁鬱的尋常百姓。這些人物多半來自中下階層，他們的癡心妄想，喜怒哀樂，構成台灣庶民社會的異樣切片。

這樣的人物及其衍生的故事，其實也曾出現於鄉土文學中。不同的是，舞鶴從頭就拒絕簡化他的立場；他既不對「被侮辱與被損害者」廣施同情，更不承認苦難就必須等同於美德。與主流的原鄉作家比較，他毋寧是極不「政治正確」的。但也正因此，他引導我們進入一個複雜的台灣視野，在在引人思辯。我在他處（《餘生》序論）曾藉舞鶴的作品〈拾骨〉加以發揮，稱他為「拾骨者」。舞鶴探究歷史創痕，剖析人性糾結，尋尋覓覓，儼然是在時間與空間的死角裏，發掘殘骸斷片，並企圖與之對話。經由他另類的「知識考掘學」，已被忘記的與不該記得的，悲壯的與齷齪的，公開的與私密的，性感的與荒涼的，種種人事，幽然浮上檯面。這是舞鶴敘事的魅力，但也更應該是台灣桀驁的生存本質。

舞鶴是台灣原鄉人裏的異鄉人。他是原鄉人，因為他念茲在茲的總是這塊土地上的形形色色。他又是異鄉人，因為他太明白最熟悉的環境，往往存在著異化或物化的最大陷阱。我使用「異鄉人」一詞，聯想到的是卡繆（Camus）半個多世紀前的名作《異鄉人》。舞鶴特立獨行，擇荒謬而固執，何嘗不是你我眼中的頭痛人物。但他顯然有意以他的生活方式及文學寫作，嘲弄、批判我們居之不疑的信念及墮性——他強迫我們與他一起「拾骨」。

舞鶴早在一九七〇年代中就開始創作，而且一鳴驚人。〈牡丹秋〉（一九七四）處理一段春夢了無痕的戀情，原是通俗的題材，舞鶴寫來，卻憑添了一種存在主義寓言色彩。他描述孤絕的生存環境，曇花一現的人間情義，捨此無有退路的意義追求，也透露他私淑現代主義的痕跡。另一方面，〈微細的一線香〉（一九七八）白描一個家族頹敗的必然，臆想倫理傳統的絕境，則彰顯舞鶴揮之不去的鄉愁。愛恨交加，若斷若續，由此而來的一股憂鬱頹廢風格，反而猶其餘事。現代主義與鄉土寫實主義在他的創作裏並行不悖，已經在他早期作品中可以得見。

八〇年代的台灣，各種運動風起雲湧。舞鶴反而隱居起來，不事生產。逆向操作，似乎一向是他的特色。十三年後，他再度出馬，一連串的小說如〈逃兵二哥〉（一九九一）、〈調查：敘述〉（一九九二）、〈拾骨〉（一九九三）、〈悲傷〉（一九九四），都廣受好評。之後他再接再厲，並兩度進駐原住民社群，寫出《思索阿邦・卡露斯》（一九九五）及《餘生》（二〇〇〇）兩作。前者見證魯凱族屢經遷徙所產生的傳統絕續危機，後者探堪泰雅族涉入的霧社事件，及其歷史、記憶的紛亂線索。就事論事，誠懇實在，讀來反更令人觸目驚心。

舞鶴也寫了其他小說，如《十七歲之海》（一九九七）、《鬼兒與阿妖》（二〇〇〇）等。觸角及於情色生活揭祕，還有它的倫理辯證。舞鶴有意根據他的「田野調查」，重畫欲望烏托邦（或無托邦）的界線。他未必有驚世駭俗的意圖，卻畢竟因為立論的特異，達到驚世駭俗的結果。如此看來，舞鶴是偏執的，也是世故的；是天真的，也是憂傷的。

初讀舞鶴的讀者，最好的起始點正是小說集《悲傷》。這本小說集包括了前述舞鶴早期的二篇作品，以及九〇年代的〈悲傷〉、〈拾骨〉、〈逃兵二哥〉、〈調查：敘述〉等。顧名思義，這不是本快樂的書。然而舞鶴既然從不按牌理出牌，他的部分作品即使在描寫生命最慘淡的時刻，也能讓我們睜大眼睛，有了紛然駭笑的衝動。〈拾骨〉

中的敘事者多年為精神官能症所苦，委靡不振；忽一日亡母託夢，他於是發動家人為逝者撿骨。由此舞鶴寫出台灣殯喪事業的光怪陸離，令人哭笑不得。故事的高潮是敘事者悼念亡母之際，突然有了性衝動，因而脫隊尋歡去也。愛欲與死亡雙效合一，這位敘事者終於在一個妓女的大腿間，完成了他孝子悼念亡靈的儀式。

我仍然記得初讀此作的震憾。舞鶴不只對台灣俚俗眾生有深刻的觀察，也更勇於指出生命太多不可思議的矛盾及荒唐。我們怎樣面對悲傷，如何在記憶的殘骸中拾骨，總是舞鶴的關懷所在。但相對一般涕淚飄零的公式，他的立場是：至慟無言，可也無所不能言吧。像〈拾骨〉這樣的小說，其實提供我們一個詮釋、治療創傷（trauma）的詭異出口。

其他的作品中，〈悲傷〉寫精神病患者的異想世界，如此狂野不羈，卻又如此委屈、招人誤解。〈逃兵二哥〉寫國家機器——軍隊——如影隨形的控制，使任何逃兵都無所遁逃。〈調查：敘述〉寫二二八事件為受難者家屬所帶來的無盡壓力。「調查」與「敘述」不只是情治單位的監視民心的方式，也是事件倖存者向自己餘生作交代的必然宿命。每一篇作品都處理了台灣歷史或政治的不義層面，但每一篇作品都有令人意外的曲折，於是〈悲傷〉有了死亡嘉年華式的歡樂，〈逃兵二哥〉發展出卡夫卡式的「家常化」恐怖感，而〈調查：敘述〉中的調查者與報告者竟一起發明過去，遙擬悲愴，合作無間。

舞鶴曾經寫道：

每一篇小說好像是一段時間的小小紀念碑。〈牡丹秋〉是六〇年代大學時期的紀念碑。〈微細的一線香〉是府城台南的變遷之于年少生命成長的紀念碑。〈逃兵二哥〉是當兵二年的紀念碑。〈調查：敘述〉是二二八事件之于個人的紀念碑。〈拾骨〉是喪母十九年後立的紀念碑。〈悲傷〉是自閉淡水十年的紀念碑。

寫作是為過去立下紀念碑的方法，但誠如舞鶴在《餘生》一再強調的，他的碑失去了史詩的、英雄的意義，充其量是「餘生」紀念碑。舞鶴的寫作實驗性強烈，未必篇篇都能成功。我卻仍然要說，他面對台灣及他自己所顯現的誠實與謙卑，他處理題材與形式的兼容並蓄、百無禁忌，最為令人動容。論二十一世紀台灣文學，必須以舞鶴始。

王德威，美國哈佛大學Edward C. Henderson講座教授。

目次

悲傷

悲 傷

我心深處剖開馬路

我「讀大冊」的最後一年，搬到淡水小鎮住在一棟學生公寓的陽台閣樓，打開向西的一扇門是整片的藍海雲天，遠望出海口洶湧的浪像被什麼擋住，互相推擠成一線白濤。據說是與「紅毛」戰爭時，我們智勇雙全的祖先在那裏自沉了幾艘滿載石塊的船，以阻止敵人戰艦的錐頭直戳入我們的內海；也據說由於這幾船石塊，商船再不能直駛到媽祖宮前，它們轉至新興的海港基隆去下蛋，媽祖宮的香火蕭索下去後來被落鼻祖師取代了興隆。聽慣了人間世的爆噪，每當夜深末班客運車掠過後，我面對暗灰青的海口，仔細聆聽遠方海潮被阻于那一線白濤，不斷的潮騷中會有片刻的寧靜；我感覺那片刻的停格是亂恣橫暴中的永恆，這永恆可以慰我心靈的潮騷，至於小鎮的歷史滄桑得失就不是那麼緊要了。——我聆聽這永恆將近三年。其間每年二月和十月，我在陽台閣樓坐看落日正中沉下海口，可惜「紅圓」沉沒的瞬間從沒有預示給我們西方極樂世界的海市蜃樓；我並不為未現世的海市蜃樓而失望，我大約認知「淨土就在現世」這樣的觀點，但我仍感到無以名之的憂傷。我習慣在海潮的寧靜中入睡，朦朧中有一艘艘舢板舟出海的噗嗚。

某日早晨，被轟隆夾著吱怪的響聲驚醒，我懶得下床心想是某家瓦厝又被摧毀成就鋼筋樓房；但那隆轟聲連續了幾日，其中又雜著「碰」「碰」的巨響，我在床上翻來覆去，倒屜尋出來一對海綿耳塞，那吱隆聲似乎就在床下近處，因為它的超貝斯音爆穿破耳塞還將它震了出來。大約是第五或第六日吧，我只著內衫褲踅過陽台向山坡的那面，低頭一望：兩輛怪手推土機外加三輛貓仔運土機，還一只大鐵球來回晃著每一晃去便命中一壁瓦厝殘牆。我趴在陽台垣足足迷糊了十幾分的久，心想他們到底在幹啥麼呢，又鏟山壁又毀成排瓦厝；我回屋內泡了一杯救命濃咖啡，回去趴在陽台直到正午秋老虎，我才想通：完了，是一條新馬路，——就在這裏。我眺見斜對山坡綠林間「鬼屋」的台階上矗著那個黃髮老外，彷彿他鼻頭懸空浮在馬路山溝的泥巴上，我看不清楚也曉得他的眉頭皺得有新削下來的壁褶那樣的深。

我必須找個人說說話，免得被那吱怪聲絞碎腸子。我帶了剩半包的文山茶，顛跛過被鏟成陡壁的邊緣，去跟鬼屋黃毛說「哈囉你好」同時奉上包種茶。黃毛的「中國女孩」沏茶出來，我們坐在千年老榕樹下，眼看觀音山水，耳聽近處鐵球擊著這裏那裏的碰壁聲。黃毛說他想不透「這樣山水中的台灣人怎會變成這樣？」他把「變」發音成「貶」；黃毛自豪說在他們的國度如果有這樣的山水那麼任何的人文景觀都是為這山水而存在的。黃毛吝用「美」這個字眼，他到台灣來是專研道家符籙學派的，顯然道家「守拙」的思想讓他說不出口「這樣美麗的山水」。不過道家喜陰靜，黃毛說這馬路一開鑿他就像被怪手的爪子紋身一般終日渾不自在，他打算搬去道家大本營府城台南，煩請我照顧鬼屋一陣子。我心想照顧鬼屋容易，只要晴雨不論記得來下糞就是；我豪爽答應黃毛，黃毛感嘆「你們台灣人真是能耐吵鬧」，他黑枯瘦的女人笑開一朵糖酸仔花不知為啥高興？

我在號稱「古劇場廢墟」[1]的圓栱柱下，坐看午後三時雲霧罩起觀音的鼻頭。臨時我想到當此時蟄在肉桃樓仔厝的流氓博仔不知在忙些什麼。流氓博仔是我在河堤閒逛時彼此投緣相識的，他說我倆有一種共同的氣質：「努力做個無用的人。」流氓博仔的妻是少見高頭大馬型的女人，大概當年博仔的流氓氣勢壓了她貫了她；婚後流氓丈夫長年坐罐時，她是頭一個敢在七〇年代末的河堤擺烤魷魚、小卷攤子的婦人。坐罐回來，流氓博仔長久借住屋頂長草的「白樓」，因為他出罐直直上馬未成被馬腿踢落妻家門外渾身筋骨不知疼了幾多日；我安慰博仔說，據我考據他妻可能是在地平埔格蘭族的後裔，那馬腿不是漢族中看不中用的鳥仔腳，「哦，是鵝卵族，」博仔也就難怪他妻有那樣大的氣力了。——轉入巷內坡道，就看見博仔蹲在肉桃門框下，鳥仔腳邊散著幾尾魚，手中把著柴刀剖著魚的肚，「嘖嘖看這頭一批提早來送死的——」他眼簾未抬便曉得是我某某人的來到，聽說是多年蹲罐練就的功夫，他一例吩咐人家自己倒酒喝，他要「專心一志剖了結束管區太太孝敬的白腹肚。」我品著他妻唾液做的糯米酒，眼看他橫柴開肚，一隻怪手指伸入去扒出唏哩嘩爛的順手一甩剛好落在一隻白肚黑鼻貓的嘴鬚下；流氓博仔嗜喝這「鵝卵族的米酒頭仔」，致使他甘願放棄「江湖一尾龍」的生涯守在這古

1 可惜當時七〇年代還未興起後來的前衛小劇場。「河左岸」的演劇員大約也無記憶就在河岸不遠的山岡上有類似「古劇場」的廢墟，可作他們實驗揮發的餘地。當然馬路剖通後，廢墟是有礙觀瞻了——拆掉它，建起一座四平八穩冷暖空調、隔絕山水自我封閉的文化中心。

樓破厝，他妻供應他每日兩瓶，只要他不常去河堤丟人現眼、亂摸女兒。

待到啜了七八口酒後，我才慎重的談起今日早起的大發現。流氓博仔把柴刀往褲帶後腰一插，雙手拎起魚尾魚頭揼進圓栱廊下的大雜鍋，我跟著移坐到大鍋旁，看他比基尼打火機幾度打火取火才燃起鍋底的炭爐。為了強調我的發現「之的重要性」，我姑且發明同時援引「留台學人」一道教子黃毛的論證：——清水街就不用說了，像重建街的百年民房，屋底都是生了根發著芽莖的，有根有莖就有神氣，現時把它神鏟了馬路開通也不得神平安；何況大屯山的熔岩養就的小鎮五隻老虎，中央最大的一隻如今被馬路剖了肚，小鎮的明天還有生氣嗎啊呢？我看流氓博仔的眼神牢牢守著他的長年鍋不禁就有氣，還陰陰笑著哼起歌詩來：「白腹剖肚來開路／開給啥人來走路／等到覺悟自己破肚／已經剖到腳尻（屁股）後伊條路」。嘟呵這流浪詩人江湖大歌手他博仔歌聲鳥鳥間就大口吞了一碗酒，說他「不用讀冊」也能夠一世人「包飼包吃」我的發現之的重要性，不過他要我暫且放下我已經過時的大發現，他要帶我去親目發現「現此時正在進行的」這樓仔厝的大祕密。他右手按著腰臀柴刀足尖蹬到樓梯口同時左手比了個曖昧的手勢，——我即時將自己的拖鞋底裝上消音器。

天光從圓栱方窗的草尖洩入來，恰好讓我們窺到：一隻荔子小的奶子，被一隻中指套著印章金戒指的大手揉著；流氓博仔細聲「解讀」說是隔壁厝賣魚丸名家的親戚，逢陰曆十五六河水大漲潮時必來這裏搓奶；奇的是，那奶逐漸腫成桃子大，再一會功夫，果然飽到像門嵌頂的火燄形，——男人禁不住就在奶坡射了精熔岩一般流燙到我的臍孔。「到今日你究竟明白了吧哈，」博仔同我蟒下樓梯：那富貴人家的肉桃因營養過剩，定時要發出「偷人」的火燄，在彼時點煤油燈的大街暗街尤其明顯，大漲潮的因素之一聽說是來自這火焰尖端那點輻射出來的吸引力；可惜，「那肉桃焰奶嗜精，」精子待不到射在「沒有光的所在」，因此世世代代生不出個像樣小孩，「富貴春受天祿」因此敗了家。

流氓博仔捨不得不教我絕招：他用練了多年的鐵砂掌搓著屌支，在日光斜西的前庭，對著門栱上的肉桃發出十九世紀後半葉的淫喚聲。我乘他恍惚之際溜了出來，站在廢墟邊緣又看了一會大鐵球擊碎兩個嵌著苔綠色葫蘆形陶甕的六角窗，想像著那剖肚白腹的滋味。隨後，我上到鬼屋下糞，屋內無人聲，想必黃毛已攜眷南下；我之所以急于下糞鬼屋，一來是持續供給鬼屋真實的人氣，營養它以免它的日式屋頂垮了下來，二來我住的學生公寓時常壞了馬桶。現在那水熔的騷燙下到我臍孔一寸之處；當我蹲下來，自月眉窗望見黃昏帶霧氣的觀音山水時，我暗下決心：在馬路剖穿之前，我要離開這傷心的小鎮。——雖然其後，我整整住了十年。

你游向「紅圓」，為啥又折了回來

你凝視著「紅圓」；在紅圓貼到海面的瞬間，你划動浸在海水中已三小時多的手腳，奮力游向紅圓。我坐在陽台閣樓凝視著「紅圓」見到你眼瞳中那團映自紅圓的火炙的熱，你繼續划動幾十下後，那火熱熄到只剩一點暈紅，在紅圓將沉沒的前刻，你停止了擺動，浮在暗血色波漣裏；在紅暈微光中，我見你眼瞳罩滿水霧色的茫迷，隨後便在夜暮的海茫灰中失去了你的蹤影。——直到多年後，我才知道：你意識到自己永遠趕不上「紅圓」的剎那，你愣了片刻，決心划向相反的方向，在紅圓的餘光中你奮力游向暗灰。

四個小時前，你在屏東大武營基地搭上飛機，是傘兵例行的空降跳傘訓練。有人許願空降到大都市的酒池，有人許願掉到他假日常去的肉林；你是海邊庄腳出來的子弟，你只願空降到指定的地方，回去馬上有六人一桌的晚餐吃，飯後最好不要有什麼勤務，你可以散步到營區一角吹海風吸支菸。「總有一天會出狀況」的教練機選在今天出差錯，突來的落山風帶來霧塵，離陸地好遠便要求緊急降落；輪到你跳時可以看到海面的浪波沫，你按照學習手則張開傘來，同時你看見至少三個兵直接跳水入海去。你不愧傘兵吊在天空至少六七分鐘吧，你沒有注意到教練機是否衝向海面或者還有能力消失在遠方；一直到現在，你不清楚當時的景況細節，譬如那架教練機的命運，沒有人告知你，你也想不到問起。機上十八名傘兵中，你是唯一獲救者：一對黃昏後流連海灘的情侶，從廢棄碉堡的鎗眼瞥見、幾度忙中幾度瞥見後才確定是人一樣的東西癱在潮水中。海防部隊來了幾個人，扛豬一樣抬你跑過沙灘，聽說你當時張不開鹽漬的眼睛，只喉嚨發著「幹嗯嗯嗯」「幹嗯嗯嗯」的哼聲。

在軍醫院的病床間遊走時，你常這樣介紹自己：「我是自己幹回來的。」那些在庄腳做田、做魚塭的父祖們自小訓誡你：「要做個會幹——的人。」像這回，如果你回不來永久蟄在那海茫茫中，那你就是「不會幹的人」了。「幹你祖外媽咧我是自己幹回來的，」逐漸這裏那裏都聽到你「幹來幹去」的聲腔。你是憑著這種「幹人」的氣力一路「幹」著游回來的，顯然回不來的多是都市子弟，既不懂「幹」的道理也沒有「幹人」的力氣。不久，醫院上下都傳說有一位從鬼門關「自己幹回來的人」；你愛散步去看院內死角的犯人兵，三四個腳鏈手銬挨著鐵柵跟你搭訕的都尊稱你是「自己幹就會轉的人」，當你將菸屁股穿過柵條塞入他們的唇孔時，對方眼瞳中不同尋常人的火燄在你的「海湧厲火」的逼視下當場紛紛熄了三四分不止。

「幹你娘我是自己幹回來的人」這句話傳到精神科某個醫生的耳膜。他藉著例行巡視的機會，觀察了你一陣子，還跟蹤你去角落小軍監看你和犯人兵隔著柵縫眉來目去。你說海水的冰冷可以一秒鐘內凍死翹翹剛從騷熱的女乩拔出來的燒屌，那胸溝刺青著愛的女羅剎的流氓兵譏說你那支不被凍成爛香蕉乾啦，你即時現出屌鞭教示大家：——冷凍不怕過頭冷凍過頭的反而激起牠內裏的火山熱，如此冷熱交加鍛鍊成就你千載難逢的肉棒。醫生回到精神科還聽到那肉棒擊打在鐵柵條的吭噹、吭噹；他在吭噹響中思索你所以接近乃至親近犯人兵，若不是由於異質的好奇，便是同質的吸引力，——醫生判斷是後者。他吩咐護士要你明早來精神科掛診。

精神科醫生擬了幾道題問你：(1)你漂流海中時，你害怕嗎？害怕什麼？(2)你是否希望即時獲救？若是沒有，你會不會對什麼感到失望？(3)你自己游了回來，你為自己的精神和肉體的毅力、能耐感到驕傲嗎？(4)在那幾個小時的苦難中，你的心靈受到傷害嗎？譬如說一種被遺棄的感覺。(5)對於你的未來，你抱著樂觀、進取的態度嗎？醫生給你一張桌要個實習小護士監著你，因為臨時小軍監那裏有兩個兵拚命對撞著額頭。你用刺毛蟲般的歪膏字寫下答案，同時一隻眼睛不離開小護士的肩鎖骨溜下來滑到衣鈕的交叉間：(1)我害怕大白鯊咬了我的大卵巴。(2)我知道他們不會來救，快到晚飯時間大家等著吃晚飯。我爸常說，「吃飯皇帝大。」我長官三番五次訓我們，「吃飽好幹事——先吃飽飯。」失望就是希望嗎？(3)我已經公開說過多少次凡人都曉得「我是自己幹回來的人」啦。(4)我習慣了就好的苦難心靈也會受到一般傷害嗎？(5)「樂觀、進取、奮鬥救中國」。醫生回來時，你剛好用眼力剝開小護士的第一粒衣鈕。在整個醫生閱卷的光陰中，你的手指都在桌下掐著伊的肉小腿。醫生吩咐將你的病床轉到精神科；你目視小護士的小腿印著你的指甲印，「印章一蓋肉就到口囉，」你很得意的對醫生說，「好吃。」當時醫生正埋頭開出你平生第一張精神病藥單。

你到精神科的第一件事便是統一了精神病床的收音機頻道，大家只能聽一個空中再會的女人用「極其溫柔」的聲腔向遠方的人們說些他們不能公開聽、也不知道他們有沒有在聽的話，還不時插播一些代號×××××，然後指示一些大家莫名其妙的東西。若是有人錯了頻道，無論午夜或正午，你那隻扒過十萬浬海水的巴掌即刻巴到他腦瓜上；你私下跟小護士說明這是治療精神病的偏方之一，「統一以免錯亂。」此外，你規定三不五時病人要向你「報數」，精神科十二張病床睡了十床九床是病號，你編號1到9，隨時你發令「報數」：123456789九床少不了一床，那就哪怕他精神病發到哪裏去。你殷殷告誡諸鄰床：你是空降不死功在他黨國的，臨時委任你特派到此監察這批頭殼壞去的，不久黨國就要有樣學樣發動全島學習你這種「自己幹回來」的精神，到時你就必要遊行全國去讓人家看模特兒。小護士對你心酸酸到大腿骨，她悄悄自己吃了醫生開給你的藥，只保留無害的維你命丸餵你吃。

某日，一位陌生的輔導官來到病床，命令你立刻打包，拿出一張公文紙在你目前晃了幾晃：「因意外受創，機能損傷，已不適服兵役」等等、等等。你緊緊捏著公文紙研究再研究，還是小護士紅著眼眶幫你打了包，輔導官即刻押著你起行，你堅執著那紙公文不放，也不接手自己的包包，最後那官嘆了一口氣咒了一聲什麼接過包包甩到肩後，一手推著你出了小門大門，你捏著公文紙的手把紙張抖得像秋雞振翼拍翅的響，遮了小護士變了嗓調的叮嚀再叮嚀。當日黃昏，轉車回到故鄉蚵寮，公文紙塞到老爸膝間同時你翻身衝出門外；那輔導官訴苦說，「也不知道在害怕什麼，我說你故鄉的海水到了，他看也不看，——我用大腿壓住他一隻腳，怕他臨時跳車躲到哪裏去。」入夜，才發現你跳到磚瓦屋頂，像一隻蟾蜍守著家屋，屁股朝海面向內陸；家人說各種話哄你下來，你無話無吃蟾蜍一隻堅持守夜勤務。隔早起，庄內的人都來探望，有人說要是掛上金牌那不就是財神童子化身金蟾蜍了嗎？要是金牌滿掛甚至全身鍍金那整個庄不就要發了嗎？可惜你連蹲三夜金牌還上不了身，聽說是高雄大銀樓派來量身訂做的人迷了路找到蛤仔寮；第四日黃昏，後鄰叔公看不過拿了竹排用的長篙捅了一下你屁股，你吃了一鼻嘴泥土才真正回到了自己的故鄉[2]。

鹿子來我家

我踏過土泥濘，上斜坡下斜坡。馬路開剖工程第二年，暮春梅雨到仲夏午後暴雨，延到秋末不定時來場愁雨，甚至整個冬季寒風掛冷雨纏綿了一百零三天。自月眉窗我望見，有個披著霉白色和服的鬼朋友吊在老榕鬚下，大約他受不住「台灣人的鐵鑽不管雨不雨天一年頭尾都在鑽」先走一步遠去了。開春好久，倖存的老人坐在清水巖春陽下嘮

2 果然，你回鄉那年年尾，就有規畫自你蟾蜍化身眺望的定點那裏延伸出去新闢了漁船泊的港口。蚵寮因此新興勝過鄰近釋迦的彌陀，——大貨卡駛過時，有人自午睡中的床被震到泥地上，床縫的蠹蟲也紛紛跌了下來。

叨：開滬尾以來，從未見過這般黏死人的「瘩疙雨」。

好在馬路通車後，我極喪氣之時，遠方來了鹿子。新時代女性鹿子曉我大義說：開大馬路，乃繁華市鎮所必須，更是一番歷史的新契機，羅馬乃就是希臘的大馬路，不信打賭看小鎮即將脫胎換骨[3]。果然秋天不到，馬路旁未拆的民房自雇工人自動拆屋，準備建商店公寓大樓。鹿子預言不出三年，重建老街是公寓街，死硬骨頭瓦厝就像老小孩夾在新人類的大腿間，山水不再見到它們的前庭，海風也要繞幾個彎才能到它們的窗前。我常站在老舖漢藥店的板窗前發呆，看它內裏久年觀音楊枝露水吊繩吊籃墨硯珠盤什麼都是新鮮，鹿子警告我那店的東西買不得的，現時人家流行大街的冷氣中藥行，像他老舖的草藥都要放到發霉的；聽說如此，我更要呆上半天了。

為了迎接鹿子，我自陽台閣樓搬下近鄰的台灣瓦厝，前庭有兩棵大樹可以俯看前鄰的日式藍灰磚瓦，觀音的額頭被夾在更前方的兩棟水泥樓壁間，又有後庭一小方地貼著通往大馬路的小巷，可以用來晾衣、養貓咪。鹿子初來，見我瓦厝四壁都無有掛物，只濕氣長年鬱養的霉漬。她吩咐娘家貨運上來一口紅檜大箱，內裏是自六歲起始替自己裝備的嫁妝，小到針線鈕子玻璃彈珠，大到將來女兒專用的浴盆都有。她先用五〇年代流行擦屁股的粗黃紙磨掉漬黑，隨後塗上一層樟腦驅風油，再從箱底變出一條又一條各色花布，說是私藏自她家開台以來的喜幛、喪幛屏風，如今正好用來作復古壁飾。居室光彩從此不同，那種設色、佈局我只有在經上描繪的「華嚴世界」看過。

鹿子飛毛小腳善爬樹枝，兩三下蹦上厝瓦，把所有會傷了瓦厝颱風的，和不讓陽光透入來的都拏菜刀斬掉；菜刀斬之不動的，我飛毛腿到肉桃樓借來博仔的腰背柴刀，鹿子把著柴刀揮舞的姿勢，只有坐佛窟壁邊的飛天可以相比。我怕陽光太多，青苔不高興；鹿子笑我無常識，說那苔要陽光滋潤才得一個「蘚」字——果不其然，酷夏陽光未到，苔蘚早成枯漠。我喜極我書房桌窗爬滿濃綠的萬年青大葉子，鹿子一一用刀刃割掉它們的小爬腳，說萬年青那東西只宜長在它山坡上，爬到人家的書窗臥房偷窺就失了它的本分立場，何況仔細看它那蠻勁的腳莖，半夜誰能放心它不穿透紗窗直入誰的內裏？我甚傷心前庭盆裁底盤窩的長螺旋殼蝸牛，隻隻被鹿子的厲手捏出來拋到哪裏去求生，

3 多年後，我回故都府城，赤嵌樓前老市街的風情完全被一條又一條縱橫大馬路所壞了。散步懷古的閒情是七〇年代的事了。如今他們自閉在空調車窗內觀望廣告招牌，把廢氣噗給外面的世界。過大馬路時，我自問：「原有的台灣呢？」有道財大氣粗的聲腔自污濁的空中喝我：「——有什麼是台灣原有的嗎！」

剩下的豔色小毛蟲就煩我處理了，我挑牠毛蟲給貓咪吃咪子只聞牠一下，我只好挑牠們到大樹葉上暫棲希望明日就成蝴蝶飛；鹿子說不是她不愛可愛的長螺蝸，據她常識了解那種螺旋蝸早我們幾萬年已在這淡水河邊安居了，不過——蝸牛和毛蟲窩在我們家的「暗盤」內，日夜睡覺都讓人掛心，怕牠們不小心生出什麼變種毛蝸來。

鹿子本意要來同我過一種「耕讀的生活」，她擬定一個龐大的文史哲學研究計畫，預計苦讀三年後必要出觀音關打垮那些盤踞在台北大都會「運舊貨過海來裝假仙」的新儒學家。我頗恨我不出生在後山坡水碓子的農家，不過鹿子信心滿滿說再怎樣我們都可以過一種「想像的耕讀生活」。她拿出私房錢買麵粉自做麵條，麵湯中有她巧手摘來的野菜，有時加兩個雞蛋，有時蛋留著煎蛋餅作宵夜；好在當時正是「黨外苦難時期」，那連綿的苦難也填飽了我們還剩1／3的肚皮。鹿子總有餘錢知道在小鎮某處可以買到被查禁的雜誌，每一次人民娛姆棍打人民的頭殼或憤怒的雞蛋飛砸在不義的鋼盔時，鹿子都要絕食一餐以示「精神支援及實質抗議」之意，不過人事再怎麼樣餓不到貓肚，她拉麵給愛咪吃。「真可惜了那幾隻雞蛋，」我拿湯匙在鍋中攪來攪去還是青菜掛麵湯，鹿子瞪來那雙迷死萬千個雄性生物的眼睛：沒出息，——可別攪爛了自己。

這年春節除夕下午，天是烏著雨，鹿子差我到清水街菜市場買燉鴨用的冬菜，呵哦到處慘濛濛著雨呢只婦人火紅綳的臀才嗅得出年節的氣味。未到市場三四尺遠，我眼角瞥見柏油路中有對腳一樣的東西，烏瀝色，叉成走路的模樣，可是獨獨見兩隻腳不見腳的主人頭臉。許多人的腳從那腳上走過路過，腳來腳去沒有人看見那躺著叉著的兩隻腳，我腳過去也沒看見我是用眼角瞥見不是真正看見——年夜飯獨獨冬菜鴨那一道我直直下不了筷子，我吞了不下十來條黑橋香腸半隻龍鳳火腿就是下不了筷子那菜鴨。那年除夕我過得不爽不快，鹿子說我吃太多不消化火氣大壞面色最可能是下午淋過頭舊情綿綿的雨；誰了解呢我心中充滿了為兩隻烏瀝小腳復仇的願望。

鹿子的小腳在夜的青光中顫，那顫時高時低，在夜的大臉上畫出幾何的以及非幾何的各種構圖。鹿子常笑我只知道埋死她肩頭，不知欣賞她小腳的風情，比諸古今中外的名腳稍不遜色。其實這夜，禁不住我想像在我腰臀上比畫的是那兩隻烏瀝小腳，當牠離開頭臉身心之際達到了牠宇宙的高潮了嗎——鹿子通曉各國人文史事，肯定說有人當眾切腹、有人當眾自焚，全是為了體現在那一刻達到了「某種宇宙性的高潮」。那兩隻烏瀝小腳加速度打到我屁股肉，我這一分心被牠打洩了精，「又是這樣！」鹿子白肉小腳猶在空中畫著什麼，「今夜是除夕夜本來嘛要搞到天亮才能長壽的呢，」隨即蹦起身來說要尿尿去。那推著破板車的老婆子一定會撿破爛回去那兩隻烏瀝小腳，今晚必在她與孫女圍爐的小鍋中倒豎著——我平常就奇那吃老婆小雜鍋長大的孫女十五六歲就有三倍大的鹿子自豪的奶，莫非又是平埔格蘭的原始後裔，還是那烏瀝小腳的筋骨膠質撐起她的大奶墜子吧。這時，自後庭透窗傳來浴間的水擊沖激聲，想必是鹿子的小削指捏緊塑膠管頭，至少八九度的水流柱子打在鹿子至少百三十度的胯間，瀉下來的都可以當作海口魩仔魚的溫泉了；遠在紅毛更遠在平埔時代，沒有暖氣暖爐也懶得夜夜起柴灶燒熱水，作母親的都是靠鹿子發明的「熱水自來的土法」順便洗了嬰兒的澡。鹿子爬入被窩時，我已入夢，正夢到垃圾婆的孫女用兩隻烏瀝小腳當圓規，測她過年奶子圓大了多少吋。

大年初一，每每睡到近午，就又延了壽命幾多。沿著中正大街到福佑宮上了媽祖香，再繞小巷上坡到清水巖見過祖師黑面，下到清水街市場內龍山寺拜了白衣觀音。在白衣門前，哈了名店老芋仔牛肉麵；鹿子怎麼說我也絕不越過中山大街，因為她預先嗅到幾年後從對街那頭大學崗下飄來陣陣炸雞漢堡烤法式香蕉麵包名牌服飾衣料書店金石堂的金銅臭味。順著清水巷，過暗街，出河堤，海天遼闊見到了終年仰首面天好不辛苦的大小觀音；鹿子自認比不上大觀音的額頭飽滿，至於小觀音的「細姨奶」要站到紅樹林間去看才得她的本相與鹿子在姊妹之間。鹿子甩掉包仔鞋，小腳碎步到退潮沙洲去學少女拾夢，我坐在堤石上看她左擺右擺都不輸白鷺鷥的風姿，不過回來時身上一股雜陳的味道，鹿子說自家聞不出自家香，我說那大都會的雜燴全炒在妳腰身了，「那不就是全真得道的道姑了嗎？」鹿子嘻。順河堤西去，在阿婆仔鐵蛋前側，圍著一撮人，一定是在河堤擺測字算命攤，不然就是博仔主持的棋子麻將場子，顯然附近他妻的大魷魚攤就是檢查哨——我頗遺憾博仔忘不了他的有用之身，鹿子又羨又怕博仔他妻的大號肉臀，我打算年初五一過帶半斤鹿子娘家寄上來的黑橋香腸去和他談談這個嚴肅的話題：「無用是大用——為啥又忍不住要用？」鹿子說烤攤與賭攤是上好的搭配，可以作為我們社會諸種行業互動的一種縮影，她不過去瞧個清楚如何做她的研究，——原來是頭浮屍，因長鐵鈎鈎住頸肉掛在堤岸鐵環，我蹲下來看，鹿子說「噁心別看囉，」也蹲下來看。大約是大年夜醉酒的流浪漢，滿臉腮的鬍渣，衣衫外露的肌膚是做工或做田的黧黑色，額頭有可以作水圳的皺溝。有個舢板舟漁夫就著屍體向大家機會教育說：這人是在九號水門落水的，因為他流的唾涎中有都市人吃食兼廢水的氣味，當時他和他妻為了爭吃一條士林大號香腸吵起來，被兒子呸出門——流浪的人生總是如此，看他腹肚鼓漲但按下去就知全是海水年夜飯是沒吃飽的，「傷心無飯吃」順就讓退潮帶出外海，料不到被困在海口沙洲過了大年夜，清晨又隨著漲潮來到咱淡水「討吃」；做漁的老手拿指頭輕輕撥開褲襠洞，「看，——被吃掉啦！」有一種魚，可能不止一種專愛吃人類的儲精丸子，兩顆丸子不見也可見證他老兄到過海口差點越過沙洲堵永不再回頭。「他回頭是為了啥？」鹿子細聲問。「可能是他過境時聞到阿婆仔的鐵蛋香，」我說。魚夫撥過浮屍的頭，兩耳耳垂不見了，被利齒嚙的痕還在，「又有一種魚，」魚夫笑，「牠們相好時彼此爭著吃對方的耳垂。」鹿子也笑，「可能就被他太太咬掉的，難得過年喝那麼多酒，喝到不能辨天地間的正事，死了他自己都難過。」我拉鹿子離開，同時見一群中學漂亮女生雙手遮著眼臉，「好可憐哦。」「真可憐呀除夕夜沒飯吃也不用這樣子嘛就來我家呀！許多沒家的狗我媽過年期間特別收容哎呀有一年來了八九十隻哩。」

年初一夜，臨睡前鹿子瞪大眼睛望著夜光的青灰，枕側擺一本儒學大師熊某人的晚年閨語。「奇怪，」鹿子拿起大師的閨語就著青灰翻了幾頁，「沒有丸子的屌子漂亮多了，那麼天生那兩顆醜丸子作個啥？」「大師沒說嗎？」我解釋，「大炮總得有個基座，不然亂炮起來沒個準頭。」鹿子說炮的也是。隔了一會，又問，「為啥那些魚兒不愛屌子，專用丸子？」「屌子長相令他們怕怕，丸子造型比較可愛。」隔了好一陣子，鹿子背過身迷糊著聲腔說，「真搞不懂就有那麼多女人迷屌子，——真魚兒不如。」

醋妻的你

你鄭重提出分祖產的要求。你要把分得的一點田產，馬上變賣，把自己搬離到任何看不到海的地方。你可以租或買一間窮鄉的瓦厝平房，最要緊的是，你要用那筆錢買回來一個女人。買，而不是去戀愛或相親；你對「戀愛」沒有概念，「相親」則和誰由相到親？但你相信買賣：買者誠心，賣者心死，跟著新主人回家的羊或豬忠牠一生看著主人呵尿拉屎。你只要這個買回來的女人替你做唯一一件事。在這世上，你感覺最體貼、最敏感幼秀到讓自己心蕩的地方，就是靠你大腿內側近鼠蹊處。你愛沿著腿谷順鼠蹊而上到達你高潮的源頭；可惜往往你累又睏，手掌皮也逐日粗。你要這個女人用她啥事也不讓做的貴妃玉手挲你的疼處，當你做工回來愛睏的時刻，女人必要自己來跪在你腰側，細細摩呀挲——直到你鼾呼。

某日午時，你遠遠眺見簷下洗衣的娘：跨開腿貼在大水盆緣，衣物晃閃間不時浮凸黑布裙底的肉白。你撿起一根甘蔗桿子，過前庭埕場，直直走向娘。娘猛抬頭，愣了七八秒，警覺到你眼神的異樣；她攏密黑裙包緊肉白，直起身時膝蓋撞翻了洗衣盆。「秋哥，秋哥，」娘大呼著不知是誰的秋哥名，正此時甘蔗桿子直直刺向伊的腹肚。你瞥到大姑在目尾唇角閃了一下，你挑聳娘的肚皮。娘跌坐門坎，肚子一寸寸往內縮，——水淹過你的小趾頭隨後大姆趾。你感到大姑雙手拎著什麼自你背後危危顛來，你騰挑娘的小肚肉——直到一桶屎尿濺摔到你肩背。當夜，你躲在甘蔗田裏，就著風動蔗桿的韻律玩弄你的鳥：——那甘蔗桿子是要把娘逼到內間木床上去的，不然就在祖堂的水泥地上也可以，你要進入、回到娘的子宮，永遠不再出來。

虧這潑你屎尿的大姑替你說情，不然那些流血無目屎的父祖輩為了顧到倫理決定用水泥灌籐條鞭你七八十下，然後乘夜黑退潮把你塞到汽油桶放逐到海中。大姑說大家攏是過來人這是思春的正常現象，雖然表現起來過分了些，若是想到你孤獨一人落在海水中時也沒人理睬，那麼這一切都可以原諒。家叔說原本生就一粒芭樂頭殼被海水浸到臭瘡，叔母說看你做孩子時也無異樣哪知自海底回來那支就變了樣；老母瞥一眼老父淡淡說，「要不是粗勇過頭也生不下你們大家，——怪就怪自己生個大卵巴來氣心勞命。」老父只爆菸連連。還是大姑說她夫家田寮附近有嫁不出去的姑娘，人家嫌土質貧瘠姑娘也捏不出什麼土水來；她倒可以回去問看有無合適的，將就一下看你那樣也不怕弄不出水來。果然好事成雙，不久就在田寮與月世界間的農家看中姑娘，只不過他爸說是獨生女，自小不忍她常下田做活難得還一雙幼秀手腳，所以要求入贅。大姑百嘴形容你那雙扒過海水回來的胳臂，每年至少值三頓稻穀雜糧，她爸未見你就指定「就拿這雙胳臂作嫁妝。」

嫁妝胳臂足足夾了你妻至少由冬至夏的久。老爸老媽在附近田地做活時，不時聽到女兒挑高音階的哎唷喂；有回老爸也被這哎唷喂挑起興來，當場強老媽在棗子園中快活幾下，老媽平生未在露天辦事那腮子紅鼓到晚飯時。晚飯桌上照例有一鍋燉土雞，是專給那雙胳臂補給營養的；女兒規定老爸只能吃雞頭，老媽負責雞腳爪，她自己小口小口啃著雞屁股。待到家養的土雞殺光的那一天晚飯後，老爸發話了：後山坡未墾的那塊地，可以先整地試種蕃茄、花生。你的胳臂連癱了三夜，老爸老媽都擔心會不會夾暈女兒出氣。第四日一大早，你站到廳堂宣佈你不是做田的料，凡人都知你的雙臂是海神特別為你訂做的；不過為了大家顏面，你願意委屈去建築工地鍛鍊鍛鍊一下臂力。老爸忙說月世界那裏正在新建土雞城，綁鋼筋扛水泥都需要人才——你妻一定要跟著去，說是怕你那雙胳臂夾死了做臨時工的幼齒。

不多時，你就成了自田寮經月世界到旗山間排名第一粗工。每個月至少有二十五個工作天，讓你展露海神特製的胳臂的威力；當時粗工一日工資至少一仟，不輸任何技術工人，老爸老媽心中直樂娶對了人押中了寶，只有你妻感覺那胳臂有了異樣：以前是死勁要將她的石灰岩泥質擠出水來，現在彷彿是兩隻螃蟹大鋏子死命掐入她的肉，她全身從肉小腿直上腰臀到背肌無處不是狠狠掐出來的瘀痕。有一天工忙，直到黃昏暗了才入門，拖著她還未到床就剝光了衣服，她說：「爸媽等吃飯。」在「吃」字那一剎就衝入伊的內裏；老爸以飯桌腳震動的次數計算衝了至少三千下，老媽說不止此數，因為一道抓自埤塘燉的鱉湯涼到鱉都爬了出來四處遊走尋找下桌的路。那夜你妻沒出房門，你自顧用做工的挫刀叉起鱉肉吞了一隻又一隻；你妻被你射精時的噁嘶嚇得需要自己收驚，老爸老媽則被那拖長再拖長的「噁」弄到沒有胃口。第二天鄰近棗子園中的棲鳥都晚起了一個半小時多，眾鳥大家紛紛猜測剛入睡不久不知發生何事，有隻老鳥說可能人類又投了第三隻那種彈。

這天，你初次發現有人一瞥再瞥你妻牛仔褲的襠頭就算是偷看到的伊的恥丘。恥丘公開人人看：社會哪有這樣的公理。午飯時你找偷看的人理論；對方明白「襠頭」是啥個地方，但怎麼說也不明白「恥丘」這個恥的意思和它的不可見性，最後對方無奈說，「假使我偷吃你家的水蜜桃那算我錯，不過誰知你家在哪裏，水桃生在哪裏？我一眼看去攏是一粒一粒乾棗子。」旁邊的人也笑說：我們都是來做工的，誰有閒工管誰家的「嘴丘」？可是看他吃便當的樣子明明是嚼著空心菜配你妻恥丘的嫩肉。當晚，你歪纏著妻的不是。為什麼獨獨她頭巾用的是落日邪陽的血黃色，為什麼在所有女工中她的牛仔臀繃得最翹，為什麼讓人家的眼睛那樣落在這、落在那——你妻又氣又笑說，「人家這東西可不是啥麼『豬丘』！你若豬哥整日到晚頭去豬欄找你豬母的丘好啦。」直到拳頭捺不住落到伊的襠頭上，你妻頓時哭號起來；可憐拳石的硬度怎比得上骨丘，當下起了個拳頭包子。你撫著拳包，發令伊限時褪下襠頭：不知恥的愛給人看就讓人家看個夠。她老媽側身一步入來退二步推身後的老爸出去。那是七月末暑熱的夏夜，你凝盯著自丘肉逐漸上升結成朝露般的汗水珠，那水珠受不了你眼珠的引力紛紛下墜的微瞬間，你清楚眯到那猶不知恥的毛紛紛長高了一小寸。隔早，你強妻套上兩條老媽的阿婆仔的內袴，護住那不知恥的一整夜不知長高了幾多寸；兩條可能不夠，你在工具袋底又備了一條長腳束內褲。好在，工地裏的男人都曉得避開你妻的襠頭，只有偶然來巡的大官經理特別注意那女人格外凸飽的小腹肉包。——後來，妻上工時，不只面巾纏頭遮臉綁胸，臀前臀後還張羅一條XL包袱巾，那包巾的色質同壽衣的墨黑。

紛紛死了鄰近老人，也消失了鹿子

我隔隔壁住個孤居老人，正午時常碰到他在前庭曬芭樂樹隙的日頭花；老是垂頭俯著眉眼，大約他一輩子比和尚頭稍長的髮不敢跟我這「男女中介」的長髮打個招呼。有個深夜我自肉桃樓仔厝回來，經過後小巷，瞥見窗縫內一盞五燭光昏燈下，老人背挨著壁，手中編著什麼，口中哼著不知哪年代的歌調；我站在幽暗的巷弄中凝視了一會，感覺自我體內滲出來某些東西穿過窗縫進到內裏，這時，有某種同質的東西自他體內跳出來親切地和我打著招呼，而後就在那陳年塌塌米上嬉玩起來，——老人抬起一直垂著的眼簾向窗縫凝盯過來，我在暗巷中一動不動，但我曉得他明白我就在那兒，站在深夜的幽光中，恍惚他的唇角翹起來微笑著。如是，過了我在淡水的第六個寒冬。隔年肉粽炊香中，一口棺木抬入老人的瓦厝；鹿子打探回來說昨夜老人再也受不了年年肉粽一樣香，用尺長的髮結絲帶吊死自己在過間樑木上；那手捲長髮是多年前他妻過世時留下紀念用的。原來，他在不眠夜裏哼著青春之歌，同時慢手編結著自己的死亡。「髮絲撐得住脖子嗎？」我隨口問。鹿子說不信你看：伊馬上拔下一根長髮，髮絲一根輕易地吊起我充血勃發的命根子。

老人停棺自家厝內遠超過七七四十九日的久。平時半掩著門露出一角棺木顏色，早晚兩回有個特別矮瘦的婦人請老人吃早晚飯，飯時飯後陪坐在棺側說著無窮盡的話；我和鹿子貼在門邊偷聽她們的情話，就是聽不懂老婦的語言，鹿子不甘心起出錄音機去當場實錄，回來整夜聽到破曉才發覺這老婦講的可能是消失本島的小矮人的語言——因為鹿子聽出其中一句：老婦人多次提到大屯後山雲霧中的故居如何如何。「沒有什麼東西會在光天化日下消失無蹤，」鹿子目視測量那老婦藍布裙下小腿骨的長度以及趾甲的寬度形模：說不定她和棺中老人都是不世出的小矮人的末裔呢[4]。為了去胸中的鬱漬，鹿子習慣歪著嘴角啜著攢著積著直到黃昏，才把一口痰噴呸了出去；也就在這「噴呸」一聲響後三五秒內，我們聽到前鄰日式屋頂下回應了另一聲「呸」響，同時聽見枴杖杖地的

4 老人葬後不久，前頭消防隊員欲來租屋，找不到可以作主出租的屋主，卻在廚房內牆邊發現一口木頭大圓蓋的水井。鹿子憑她本能考據說：那井通到沙崙海邊，是當年小矮人外移的祕道，後來紅毛建城堡時無意間把它填死——小矮人斷了出海的路，遂成群「消失」在中央山脈中。消防隊員不敢印證這「鹿子考」，即使自水井到紅毛堡不過百公尺多；一度鹿子建議我即日起改研考古，不待那些「現成品」的考古學家。

叩擊聲。「老芋仔官出巡了，」是個終年穿寶藍老衫的退役軍官，終於按捺不住一整天的蟄伏，黃昏日落時分在屋側巷道作他的「巡行」，過往的人往往被他的大肚腰圍加上枴杖逼到牆邊，鹿子就因此一度傷了她藕臂的嫩肌，當下她以妖嬌帶殺的聲腔向老軍官抗議，馬上他威嚴有加地呸了一口濃痰正中伊破皮的皮肉上，「媽個屄的是我呸的不對我對不起妳呸的媽個屄的呢！」鹿子發癲起來當場要他老人家吞下兩個媽個屄，當是薄暮時候家家晚飯電視時間無人出來排解，那佬吞不到半個又呸出另一隻媽個屄來。鹿子青猙著臉跑了回來，麵也不煮蒙頭就睡，我讀累了「史前台灣人類史」，才鑽進被窩百般小心問誰不是，「真受不了那老芋頭一個黃昏吃得下三隻屄，」鹿子恨死了在這東方威尼斯會碰上這種粗老饕。我把頭伸出被窩外透氣，「——是不是又呸出來啦？」鹿子問。

也不知何時開始那口濃痰不再結結實實呸在我們的土地上，只覺黃昏時分過巷弄時寬鬆許多。我們養花養貓兼養刺毛蟲。夏蟬早晚叫春各一個時辰，炎夏無事我們正好在蟬嘶中辦事。有回辦事中，聽見巷道哀哀嚎嚎著什麼一路近來，我們慌忙披起萬年青大葉子扒到木門上看，——草席一張抬進去隔鄰的婦人，媳婦女兒不間斷的哭，男人散在白亮的前庭，哭聲將斷之際就有嚎唳嘵了起來、嚎音弱下時哭聲這裏那裏又嫋嫋開來；

午後每回女兒或媳婦出來，總有男人問：斷氣沒？斷氣沒？——直挨到落日隱入觀音髮梢的瞬間。飯桌上，鹿子幽幽說，「那老男還是沒哭，真大丈夫一個！」她聽得仔細那老丈夫挺得住就是不哭。我說：說不定不哭比哭苦。鹿子罵：苦你個龜頭！你不見他倆二老平日從不交談，只見一次相罵，老女罵老男「乞丐趕廟公」，男的只一味咒「幹——臭耙」「幹——臭耙」。

鹿子善養貓咪，我則善養仙人掌阿呆。貓咪食腥屎臭，仙人掌呆不時刺到伊的手。鹿子潛心做學問，做學問首要從系統化的知識著手；我則埋頭苦幹這個那個，整日吃茶看呆。如是過了三年。有一日，鹿子嚴整著臉說：今日是看各自火候成就的時候了。她先說自己已然「系統化的」閱歷文史哲學中外古今的知識學問，同時搬下這裏一堆書、那裏一堆書見證她的經驗歷程；我東摸西摸，想當年我忘了告訴她我對任何「系統化的」患了「先天性阿呆症」，因此我全無資格審定她的功夫成就。鹿子見我唯唯喏，想當然耳我是被她一個又一個「系統化了的」嚇壞啦，就鼓勵我掏出自己的東西來。「自己的東西？——掏出來？」我猶疑著。鹿子嬌笑說，「老鼠苦幹三年也挖出個洞，——何況你這隻大隻龜。」逼不得已我從儲物櫃中掏出一疊紙，說明紙上所寫的標號上千多條，可能是我三年來的「不是東西」：

1. 不同方位動靜之中，小鎮觀看觀音。
2. 沿斜坡櫛比而建的瓦厝家家門庭面著觀音，從前。
3. 如今觀音在樓房水泥壁灰間斷續。
4. 爭恐著向都會文明的小鎮：漢堡對決香雞城。
5. 前鄰二邊樓房截去眼鼻與長髮，觀音額頭在你小庭葉隙間。
6. 貓在瓦厝葉碎陽光間睡。
7. 午後冬陽入屋。向南的房子就有這種好處。
8. 同時夜夜你的身邊躺著一條河。
9. 觀音永遠凝視星辰：你如是認識「永恆」的概念。
10. 初夜，上弦月綴在觀音髮梢。下弦月掛在大屯，午夜。
11. 伊說是大屯護衛著觀音。我是為你而生的。
12. 沿河老街，向東，店招簷上是大屯呆呆的頭。
13. 觀音眼鼻夾在灰褐屋疊之間，重建街，福壽棺木間正堂擺著一朵工筆彩繪大白花墨黑質地。
14. 祖師廟右後牆角，一個男人倒在巷路打呼嚕，左手遮住眼臉右手放在胸口，左腿彎起右腿蹺搭左腿上。巷道斜下媽祖宮。

15. 黃貓過境：貓掌軟踏厝瓦。

16. 棉被店的女兒有一張豐腴端靜的臉像少女觀音。

17. 伊笑起來像陰曆初三早起的黃昏彎月。

18. 你憬見雨霧中觀音的那種灰竟是自己少年時代的顏色。

19. 從來沒有這樣第一次就——。暗夜樹隙間的觀音不是人間所有。

20. 悶濕五月霉著去冬的腐葉。

21. 觀音吐納雲霧：你呼吸著孤獨。

22. 孤獨並生愛神與邪魔。

23. 茶女黑柳養著一朵暗紅泛紫的罌花。

24. 光線反射自豆腐間的牆。右邊是聖教堂，左邊是老藝術家之屋。

25. 滿潮時的水意是人世間的一種豐盈。

26. 伊黑絲亮的小袴日夜烱著鬱金的香。

27. 古董軒的女主人常時頂著紅氈帽：素臉只合素衣。

28. 黑柳的現任情人無中年男人的老氣和油味。

29. 額頭趴著歲月的潮紋拓印在茶女的乳房。
30. 癡：春陽歇在牆角蘚苔的毛絨綠。
31. 連翹紫在春風中。
32. 左側臥時伊便面對觀音：人世間難得美麗的一張床。
33. 你不按時吃睡工作，某日你憬見一句：「時間只是靈魂之流。」
34. 小庭坐看雲駒：雲駒群過小庭。
35. 闔眼內視：當你睜開眼睛時看得更明。
36. 因為夢，睡眠免于死亡。因為夢你享受睡。
37. 挺住便柳暗花明。韌腰：

「——碎片！」鹿子喊著，「都是碎片！」順手把我上千條的結晶品擲向馬桶的方向。我則趴在馬桶周邊尋找被伊那麼激情不顧的那一條，啊哈原來是編號第三十七，我想問題出在「挺住：韌腰」這樣的意象；果然她開罵了：自生年以來從來沒有碰到過有任何男人的腰是經得起她一挺再挺的更不要說什麼韌的了——。鹿子盤起蓮花坐，幾幾乎落下淚來，「想不到跟上一個只能碎片的小子。」我不得不稍加辯解說：我寫了不下千條的短句格言警句，描摹我生活的小鎮，自其中提煉出我思想的靈光之一現——鹿子打斷我的靈思說：凡是大師氣慨的情之不發則已一發情便是整片整塊的像岩石一般至少要像磚塊，再說碎片只能當零食哪能當作正餐吃？我見伊傷心透頂淚水都往眼簾眉毛倒流，手中又捧著滿手碎片放不下，一時順腳抬起來想拿拇指肉紙替伊拭淚，料不到我多年未修的拇指尖一觸就劃開了她用來遮掩美目的窗簾，即時血水淚湧淌下她兀自盤坐蓮花血池中。我赤著腳跑到前頭大街千請萬請消防救護車，趕忙跑回來搬她蓮花坐定一動不動，救護車的警員看慣了我這長髮瘋子來去不定只淡淡說，「人來了我救護車就發動。」一連三次我請她蓮花屁股不動，才意會到這女人決心坐成血作的蓮池大師，不禁我心大慟邊哭邊喊著什麼往後山崗奔去，直跑到水碓大田野，與大屯阿呆睹面相泣。

我趕在日落前回來，歡送蓮生活佛得道升天。想不到活佛早已收拾屁股走了，小庭內外遍尋她不到，連她血屁的蓮香也一絲不留。我一時放不下這勝世因緣，赤著腳出河堤左轉尋她到關渡橋下，右轉沿著沙渚直到海水浴場的跳台；兩度過水筆仔林沼時，我特別睃溜其中是否筆直站著個白衣仙女。整整個半月我無吃無睏，思念同住一起多年的道侶，夜半還會跟我爭被子，如今我把棉被踢得老遠再不忍蓋它[5]。再過個半月吧，鹿子託夢給我，說她當天坐到肚子餓，臨時想起三協成餅舖的芝蔴大餅可以止血補血，當下就出門上街到三協買了兩個大餅，其中一個原是要分我吃的；未料因緣際會再往前走幾步在小鎮西門町海風海鮮樓前驚見架著黑披風的原宿少年，禁不住跨上他野狼銀豹追風而去，飆向未知的海岸，「我們是飆——的少年。漂的一代：」我記得鹿子最末一句是這麼說。

因緣你妻的腰臀，十年關在烏魚柵

你只能自腰臀進入你的妻。原先她擔心你變態成了「恥毛狂」，料不到如今趴著屁股永不得翻身。你迷上她肩胛背以下成群軋動糾結的肉肌，你頂著背脊凹溝一下子入到肉肌的內裏，「哎到底是做粗工的——」這時你妻的吆吼也像個做粗工的男人了，你用額頭擊她的肩胛像要把那男人的粗吼打薄成原先的妖叫，在不斷刺攪的水淫噪亂中，那吼聲是愈來愈粗了，同時一記記肩肉被撞擊的悶爆[6]。清早，你妻要老媽幫她貼上三四張膏樂，「夭壽骨，」老媽罵：做粗工也不要做到自己妻的肉體上，偷偷跟老爸說：莫非那夭壽骨吃錯了什麼豬哥膏。有一回，你猛力擊下去時，你妻似乎正到好處後仰起上半身，頭錘打在她後腦當場昏迷了去；你欲罷不能，還連著劈擊了幾十下，完事後才發覺禍事臨頭，你赤身裸體馬上往門外暗夜衝出去。第二天中午，妻家男人在下田寮農塘邊找到穿著石灰質泥衣的你，幾個人拿長條扁擔打彎了你的膝蓋，綁豬公一般抬了回來歇在前埕。當日黃昏，村幹事指導的家族會議決定暫時禁閉你在靠山壁內的儲物間；你妻送到燕巢外科診所縫了十幾針後腦，臨時婦科檢查出你妻懷了孕。「夭壽頭拿妻作肉砧，」老媽罵得厲害了。村幹事排解說：禁閉就當作罰款付藥錢。妻家老人說：娶這粗工一變羅漢腳仔，尾椎被幹到不見，想不到頭也保不住。

兩天後黃昏前，你一腳踹破木板門，衝向妻房，即時壓到腰臀上。男人們正在收工回家的途中，未到庄頭就聽到你妻的嚎吼，男人拿各種工具趕到你家外圍；你粗腔喊：

---

5 我居淡水十三年，其間腳趾凍傷五六年。鹿子說活該我有「天生一雙潔癖的腳，冷天回來也要沖水」。鹿子一去，我的腳趾再不肯蓋被，直到告別淡水。——有關這「腳趾」的附註，當然是小說本文的延伸，其餘附註也是。小說不註地理人文典故，因為在地方史料的寫作普及化的今天，應該是台灣本島人的常識。

6 頭鍾撞擊你妻的肩胛，這動作可說是你一生中有數的獨創，我在其他可見的活例或媒體映像上都不見類此的動作。「不只肉體，要震撼伊的心，」你曾提示過這樣的話語。我推想：你不願讓精神集中同時失落在臀股的動作之中，你要在那動作的同時以「某種激烈的方式」震動到她的內心深處。當你妻的夜吼聳動全庄時，無疑的你的頭鍾將一個人的肉體與心靈打成一片了。

誰敢管人家夫妻的大事包準你當場瞎了眼睛。——這大事持續到夜暮星星出來見人；妻家老婦說：光那吼哮就把嬰囡嚇到縮回她娘的內裏去。當時臨時組織霹靂小組，在老阿媽一聲令下衝入內房，——後來聽說霹靂青年全被你妻自肩胛背脊到腰臀的發著油豔光的無限曲線攝住了，趁機你從床旁的木窗跳了出去，同時黑夜中傳回來你管道未得暢舒的暴嗥。這回，追捕的人避開田寮，反方向在月世界泥山壁洞裏把你拖了出來，就那樣一路拖著你回去：那時沒有柏油路，你身上黏的泥灰塗一間瓦厝壁足足有餘。他們用綁豬上宰場的粗繩綁住你手腳，把你丟在半公尺見方木窗下，你親眼見他們就近取材用泥灰封死了木板門，還在木窗中椿上幾根鐵條。妻家請你本家蚵寮的人來鑑察，你聽你媽哭得喪了天地，你爸爆菸連連那菸爆中還雜著一路啃補腎黑豆的屁爆聲；最後只聽得你二弟下結論，「天地不仁到如此地步，」似乎氣起來踢翻一棵棗子，「回去，攏回去，回去蚵寮吃咱海鮮，卡贏蹲在這裏啃乾棗仔！」

妻家平日送兩餐大碗公蕃薯簽飯，飯粒上散著幾顆臭豆鼓幾尾小魚乾，不管風寒不問病痛；還虧你多年前一身「自己幹回來」的身子，雖然耗了幾年本錢還在。你再度入關時，穿的仙草綠襖燠到醃菜脯色，膝蓋頭屁股片都磨破了洞；膝蓋是趴在鐵條縫看那山壁肉巒泥褶磨蝕的，屁股洞則是斜陽打到山壁映在頭頂上的層疊肉褶不禁你打起大鳥來時不堪歪來歪去歪破的。每年端午、中秋兩節，娘自海邊蚵寮率隊前來「探闗」，先打開水泥門的銹鎖，在門側大家屏氣三五分鐘讓濊氣與新鮮空氣交流到可以忍受的程度後，二弟駐入房中央，三弟守在門坎，娘全副消毒員裝扮把著大掃帚清理上下；有回，你剛衝過二弟，三弟擺開「左右閃踑」的姿勢，你遲疑了一秒當時就被二弟的陰陽指功吊了回去。那時魚肉不禁菜道人剛傳給他一手隔空吊人心魂的祕功，也是二弟一生命定誤入道途賴死賴活的開始。

娘留下一畚箕的肉粽、米糕、蕃薯，一腿豬腳蹄，兩三隻去冬醃漬的飛烏，酸筍是用來收尾一年貪吃的嘴涎的。這一畚箕的吃食，你自端午吃到中秋、自中秋嚼到隔年春節後；米糕蕃薯上的霉霜與鐵條外的山色泥灰同其色澤，嚙起來也是山壁肉溝黏牙齒的那種勁，不是滋味不過口感很Q你習慣吃它多年。倒是那飛烏你是終年不吃的；你感念當年若非有什麼飛烏群擁著你，憑你現在了無力氣的小腿是踢踏不到沙灘的。你把飛烏頭腮小心扳開夾在鐵條柵間，這樣你就有烏魚嵌畫的泥壁世界。有一天半夜醒來，你清楚看見二三十隻烏魚在月光銀漠的山脊肉褶間游上游下，直到第一聲鳥叫時牠們才成群凌空游回來掛在鐵柵。

那十年渾身烏魚臭，不但麻雀什麼的不敢近窗，連身上跳蚤也被烏魚臭闇了，不過三代蚤可憐子子孫孫就滅絕啦。十年中，村幹事帶領村長探過一回，好心轉到鐵柵窗頭一探鼻一吸，聽說當夜村長妻女必不肯讓入臥房，說他一定乘公差順便跑到愛河溝去洗落翅仔澡。村幹事為寫報告再度而來，他必得報告上去，這人是真的失了心瘋或者是「思想犯假起痟」；因那不是人鼻所能忍受的烏魚臭，他下總結「這個人有個天生畸形的鼻子，感覺不出香或臭，因此你要他感覺政治的冷暖度也難——」既是無關政治，讓他關在那裏癱他十年二十年也無妨。

「只管打坐」：山水遠看近看都是陌生

我試用「只管打坐」來克「消失了鹿子」這道人生關口，但怎麼坐，都看見她翹屁股的白露在原宿披風的黑外。我只管打坐到了近午，覺得肚子餓，自然思念起博仔的大雜鍋不知有什麼新的貨色。經過美術彩繪的馬教堂時，我望見盲者那卡西走唱者醉倒在偕醫館的小平台上，顯然半夜有酒瘋茶女帶他上那平台「騎白豬」。茶湖傳說，騎不上這「不見人世」的白豬王子再怎樣的美嬌娘人客也不得興旺，大約伊們的唾液沾過盲者王子彈唱的曲調韻味，自有一種神祕的說不出口的氣質，可以想見他是來自不知什麼星宿的謫仙。我扶他下偕醫師的平台，過豆腐間時，他執意頓住腳步踞坐下來背靠茶室對面的水泥大照鏡。在圓凳上化早妝的茶女偷偷笑，「——昨晚有人被豬牙刺穿騷腸囉，」長髮黑柳隱在照壁反射的陰處上妝嘴角浮著似有若無的微笑。我離開時，白豬王子盤大屁股端坐在水泥大照壁前凝視著茶室內裏的什麼，其實我想他是不定時凝注他盲瞳內裏的虛無；我曾以一首吉他「人的心靈」，逗他說起黑柳全身上下的風情種種，我相信罌花黑柳和白豬王子是觀音娘作媒配對來示現小鎮人間的。

博仔大鍋浮著各式魚丸，說是隔壁厝捏丸子名家捏到失敗的全都免費供到他大鍋內。博仔勸我多喝他鵝卵酒，如今他妻加倍供他每日四瓶；只因他對「上馬」這事永不灰心，終於一度上馬成功還足足支了兩個時辰不止，他妻說是功在她釀的酒質。我默默啜了一小口鵝卵，流氓博仔馬上點到重點：依他看那種輕飄飄的少年載不了多遠鹿子重量級的屁股，上路不久便要爆胎。「屁股重量級的？」我頗好奇。博仔說他冷眼旁觀多時，鹿子那屁股不重也威——因為屯了那麼多「深奧的」知識；他平生除了畏他妻的馬腿外，就只對鹿子屁股敬而遠之——我同感說古人有句「不怒而威」鹿子就是那樣的屁股。我透露博仔幸好我有一招「只管打坐」。「啊哈打坐，」博仔說他出入管訓隊兩次，對打坐頗有心得，因為官方規定早晚兩次必要在舖上打坐，「我坐得住都虧我想像我妻的馬腿坐在我大腿上。」不過，既要真學「打坐」，博仔勸我拜小鎮第一明師，即刻他拉我起座，說雜丸仔鍋隨時回來再吃；隨後左轉小巷右彎小弄到了祖師廟牆角下去的暗溝街，博仔要我特別注意一排二層樓房子其中一間，坐著一位觀音蓮花座梳著髮髻的白花姑娘，說那姑娘是我這輩子學打坐的不二師父。

我們貼著溝緣站在她鐵窗的對面觀望，見她正午時辰端坐一動未動彷彿還垂著眼簾凝望她膝前三寸之地。許久，有兩個三芝方向來鎮上賣竹筍的半老農過來溜躂，這時鐵窗旁的門打開一條小縫，探頭出來個肉肥婆，「要嚒，山頂下來的鮮貨，肉質不同哦！」其中一個老農閃了進去。流氓博仔憑他流氓面，也帶我跟著閃入去，我們見那姑娘坐到內裏一個木板隔成的房間，還是端坐的姿勢。流氓博仔答應肉肥婆子多多介紹生意，特別領我們隱到隔壁房間，撥開一件吊掛的碎花睡衣，我們自半個拳頭大的板壁洞間眯見那姑娘端坐老農小腹上——你見她是動而不動，動到亂極是你自己亂動她還是不動，即這時老農發出一聲洩了皮囊的噓哦。回到肉桃樓仔厝，大雜鍋滿溢著燠魚燠肉的丸子香，「如果你有不同凡人的福份，」博仔咕一口鵝卵，「加上有本錢本事，那就把那姑娘娶回去，隨時隨地只管打坐也不枉費了你一生一世。」

我在厝內翻箱倒櫃直到黃昏，不意在浴間的水泥地上發現一條鹿子三代祖傳的龍鳳玉配；大約是她作水柱治療時太過激烈斷裂自她激晃頓挫的頭頸。我在銀樓當了龍鳳八千伍百元，即刻趕到暗溝，師父姑娘道眼看出我不是光來嫖的，細聲吩咐我，「晚上過十一點再來。」我乖乖回去，書櫃上尋下一本大書，翻到一頁「不動之智」：「動靜皆止，然動中有靜，靜中有動，是謂大不動智。」我鑽這智忘了晚飯不吃，可惜鹿子不在，不然以她的狐貓智慧兩三下清潔溜溜這智之不動，還有麵粉煎蛋皮權作晚餐宵夜。準十一點，我到了暗溝修道房，肉肥仔婆恭請我入內，原來師父姑娘與另一位也是來自遠山的姑娘正在空蕩的浴間沖澡，我倚在門柱凝看，那水瓢自大甕提起一溜水自頸項乳坡滑下毛聳的小肚，——她們注意到我、不在乎我的存在，我發覺她們至少用了三遍肥皂，而且洗抹身體的動作慢到成了一種韻律；我凝望著伊們的腿腰臀背肌，那水激沖聲似乎來自遠處，我恍惚不知身在何處。——師父姑娘為我換了乾淨的褥被，因為暑熱，她光著兩隻圓大奶子，要我把上身也脫了，她端坐著垂著眼簾手中縫著破損的衣袴，我在她對面端坐著凝視伊手肘動作在乳坡上牽引起時大時小的波浪，感到我現世的一切沒有一樣比得上這波浪的美，同時有一種自心深處抖盪起來的憂傷，但逐漸我在不間歇的波浪以及後來的水漣聲中遺忘了一切。

有個暮晚，我睜開「只管打坐」的眼睛，一眼見到巷口正在闔上鐵柵門的牧師娘暗紫紅花的長裙屁股，我當下了然那是命定要和我的肉體相互濡入的肉體。是週日的黃昏，唱過聖詩聚完聖餐後，牧師出發去泰雅人散在都市的臨時家厝，去融入一體他們的游牧生活，教羔羊在悲苦中高唱牧者的聖歌；牧師娘幼秀，無法抵擋泰雅女人大碗喝酒的熱情，她留下清掃聖潔了一天的禮拜堂內外，關掉門簷上最後一盞燈，走下七里香桂花香櫃子花香的台階。日落昏灰後，我自河堤散步回來，我帶水霧的眼瞳中有一襲長髮長裙的腰身自聖堂高處款款而下。

我對著那彎腰鎖門的暗紫花屁股說，「晚安，累了嚒？」她頭不回笑說，「不累。」「鎖是鎖不上的，通常掛在那裏——」「裝個樣？」她自問自答；其實聖堂有天父照顧，原來是不用鎖的。她清楚我住在五十公尺不到巷道盡頭的那間厝，她常在廚房煮食的油煙霧中見我走過巷道。「不是還有一個女孩嗎？」她問。我吸了一大口七里騷香，淡淡說，「女孩嫌淡水格局太小，她離開去看看大一點的世界。」我請她過我廚房喝杯咖啡或淡茶，她遲疑了幾秒，「牧師不在，不用煮晚餐，——小兒子也跟著去了，他喜歡和泰雅小女生瘋在一起。就喝咖啡——順便傳傳道，牧師曾提起巷底住個怪人。」

喝咖啡時她沒多說話，兩隻大眼眶東看西看我廚房的「原始格局」，我解釋「這廚房是保存來作為前清時期的樣品屋，灶間樑木歷歷在目，浴間粗石水泥地，四壁紅磚牆不塗灰水泥。」其實自鹿子去後，我幾度用大塑膠袋棄了廚房、內室的用具與裝飾，我只覺得一間原始瓦厝的素樸合適我現時的心境。一隻黃豔小蜘蛛大約難得一見陌生人，吊著蛛絲下來停在她的睫毛間，「噯唷——」她蹦起屁股，咖啡杯晃了幾十晃，咖啡汁濺到紫花的裙頭。我忙說，「抱歉蜘蛛不懂事。」可憐那蜘仔吃一嚇溺在咖啡杯中。

我請她過我的書房兼臥房，讓她安穩坐在我的太師籐椅座。「這麼多書，」她的第一印象。我到廚房擰濕毛巾，回房時聽她說，「下回我送你一本聖經。」她自己擦了小腹周邊的咖啡點，「小腿也有，」我接過毛巾，一話不說認真擦乾淨那擰高裙襬的小腿。「好了，乾淨啦。」她俯下身審看兩眼說，「小腿後也還有。」我跪下來，左手握緊腳踝，右手翻轉過小腿，真的那雪的肉白上嵌著幾粒咖啡葡萄豆子；我稍稍使力磨了幾下，那色澤似乎已經滲入伊久不見陽光的肉肌。「算了，不要緊。」我抬起眼見她自兩顴紅下腮邊，我胡說，「怎麼能算，當然要緊。」不容任何思慮我貼上唇舔淨那咖啡漬子。「不，」她細聲抗議。我唇齒壓上去吮，這裏那裏，不信咬不下這葡萄咖啡。「不——嘛，」我感到她雙手攫緊扶手身上的什麼僵硬起來。

咬到膝窩時，她雙腿夾緊，膝蓋側凸頂著我的太陽穴，像被扼緊頸骨的蛇頭猶吐信向它腮邊的肉，自鼓凸的瞳珠循著肉溝一線望去是暗紫碎紅遮掩掩的內袴純白。我牛蛙鼓氣一樣使勁一噗頂開膝蓋關，即時埋向大腿內窩的瞬間被千鈞的腿肉扣緊，臉頰鼻頭將被搾成薄餅片的剎那腿肉大大的顫起來，同時自喉嚨發出母羊難產的嗚聲，雙手甩開扶手來扒住我的後腦袋，同時以太初以來的神力將我的頭顱塞入她暗紫碎花的內裏。——我待在那裏不過暴雨激迸後河床重又乾枯的短暫時光。據島上氣象專家研究：本島地理構造特殊，暴來暴去留不住水，是旱象常見大家沒水喝的原因。信然，洪水洩後她即刻起身，收縮好小內袴，端正紫花裙子，側著臉走向門去，在開門時她斜睨過來一眼，那表情像是牧羊人不小心被羊兒偷吃掉什麼的神情。

黃昏散步回來我仍然走過巷道，仍然聞到她炒菜香。我曉得她的人影在廚窗間晃，但我從未翻過頭去看她。禮拜日早上我是不出大門的；遠遠的可以聽見她帶領羊兒唱詩的歌聲，聲腔拔高，在高處抖了一會又衝向最高潮的谷底——弄到我無心全用在不知誰的內裏，有時甚至滑出來在寒流五度的空氣中發呆，等到再入去時，對方恨極了冰棒一樣。

命運駛弄你搬到精神寮

兩家家族會議，在你老家海邊蚵寮召開，怕你禁閉多年練就「聽壁」的耳朵。妻家老爸只說種種痛苦免講嘍，養這廢人多年，不僅在庄人面前抬不起頭來，村幹事近來也來囉唆「現此時講仁愛的民國政府不容許這種『飼豬人』的方式囉，」好在如今政府恩德全國連鎖闢建精神寮讓各種神經脫線的人有個好去處；妻家老媽心痛「講他憨又能吃，」每日吃的飼料可比一隻比賽的供豬公。你爸沒半句話，拚命噴他新樂園；你媽歪半邊嘴皮說，「當年送去您山邊，人還不是粗勇到活潑蹦跳的，不然也生不出個小囡來——前日我去海王壇問童仔師父，說不定是您在地的山神惡霸當初看阮後生不順眼就一路欺侮他到今天……」你媽啼了起來，眾人就默了。你二弟是拜過明師終日讀道冊的人，不得已他適時開腔講道了，中氣十足，那氣可以吹倒任何聽者的目睫毛[7]，「天意禁他十年也怪不得什麼人，今日天意要他搬到天地比較寬廣的地方也擋他不得——」當場一身玄色道裝，叭地跪下水泥地，行他一套天地遵儀。眾人看他有字識字頗有個樣，就公推他去傳達天意。

二弟在土泥封死的門板外大聲氣口宣傳天意，天道本旨外他還加個附件：「如不聽話即時掠你回轉咱海邊墘現海風。」你無聲息。二弟折過山壁擠到鐵柵窗旁；如貓如豹的眼珠瞪了好一會二弟的道眼，才用蜘蛛斷絲的聲腔回說你接受，唯一的條件是在離別前你要求和你妻有一次的敦倫。妻家反對這「敦倫」；妻的堂伯想像那棒錐十年不洩，不是當場錐死人就是可能做大水淹死庄內五百外人；老阿媽也氣，收山十年啦不見羞死還說出這樣叫人見羞到沒洞鑽的話；妻爸建議，不如擴大召開庄內會議，請大家來評評理，順便恭請村幹事公斷。幸虧，二弟接受「敦倫」；敦倫夫妻是行人道乃屬正經八百的事也即就是行天道。——天道壓頂誰也不敢多話，二弟吩咐只需做好「外圍」的防禦工事。

你看不出你妻是歡喜甘願的或被輪番說服的。鐵鋤弄開一個狗洞大後，至少三四個人爬入來，男人背著屁股臉向屋壁，為了留給辦事的人空間，鼻凸襠凸幾乎是貼著壁面的。你妻裹緊黑色風衣，那風衣是伊老爸披過半輩子寒冬、指定當作壽衣外披風的；是溽暑剛過的初秋天氣，你感到汗珠在風衣內裹伊的腋窩、大腿間糾結，你嗅到一種別於男人的汗羶味圍在伊的肉唇邊。在日照山壁肉褶的反光中你見到，女人走在一條汗珠滴落小腿足踝到泥地的濕路上，那濕路發著微亮的螢光和泥黏肉汁的氣味。你感到女人的肚皮在風衣裏不住痙攣的抖，自你蹲踞的大腿內側深處也無由自主的抖了起來，待到風衣的下襬觸到你膝頭，那抖甚至上了你的牙關。女人的手原是掩攏著風衣的腰帶，大約是受不了燠臭隻手延上摀住鼻嘴，同時風衣抖抖索索在你面前散開來：你只覺恥毛叢亂恣到掩過大腿腮，那緊攏著的大腿隙間也叢生著恥毛，你抖著指尖捏捏捏住其中一隻恥毛的尖，——突的格下來一雙手扳開恥毛叢間的肉巒同時一股十年陰毒自那紅中帶褐的肉巒深處向你鼻臉衝來，你頭往後一磕眩迷過去。

你是掛著兩行精子色澤的淚水，被綁上療養院來的掠人車。你趴倒車面，鼻臉擊著底板，喉嚨發出一種侏儸紀恐龍才能意會的吼嗚；有人在你屁扎了一管針液，半路上坐在前座的人受不了恐龍吼，吩咐又扎屁股一大粗管。——多年後，你還悔恨閉關養鳥特大多年，白白失去了獻藝的機會；若是當時馬上上妻腰臀，一而再三大鳥獻藝讓他們偷看，鐵定他們當場跪請你留下來傳授獨門鳥技，當場叫二弟把「天道儼然，人事意思意

7 他妻因此多次去手術倒睫毛，禁不住鼓吹，隨後漂白了乳暈，又隆了鼻樑，胸圍加大六七吋，臀圍縮緊三四吋；二弟不吭一聲，道在運行。直到妻全身美白後，強他把眼睛自「道」離開，好好欣她一賞，當下他嘆道：「美又白、白又美啦！可惜咱道仙有講『道在屎尿』不在美白。」弟婦恨死了美白不得被道仙用，決心計畫另一項改造工程——之所以後來才有「誘僧」這種辭彙的出現。

思而已」那句漏氣話吞回去，你妻當然更捨不得你寶貝大鳥嘍，出了狗洞即時你隻手挾著妻腰隱到島內深處未知的處女密林，那，這療養院的舖兄弟就不缺你一個了。

我心中的那把厲害鋸子

每年白露霜降後，等不及就有秋殺之事。

在我獨居的瓦厝門階旁，終年常綠著一株台灣連翹，春來發紫色翹苞，秋末結黃果。我階下的鄰居是世居的漁夫，臨老無魚可捕終日窩在門坎前補永遠破空的漁網。總有那麼一天，是他們家族的忌日兼祭日兼牙祭日，老中青全都回來擠到前庭，還搭起遮陽的塑膠棚，女人內外忙著烹祭食，男人外內啜茶噴菸屎尿開講；就有人開口嫌我連翹長得陰密密遮了他們的「祖庭」，害得他們的木人祖先不時晒不到日頭仔花，就有人即時找來鋸子，向連翹開鋸。我午睡在鋸齒吱怪中驚醒，或出外散步回來，見我終年心所寄的連翹被鋸成禿頭，而那些老中青傻笑的瞟著我瞬息萬變的面肉皮，「——哼鋸你孤單一人的連翹又怎樣？」可是這不只是「我的連翹」呀，人家不都說這是「屬於我們的台灣連翹」啊！我呆愣著看那熬過夏熱終於長成肥大隻的紫色連翹一隻隻萎在泥地上，我痛切感到這個屬於台灣連翹的民族能有久長希望嗎？

在我拏拏拏起鋸子回敬他們的頸頸頸子之前，出自己不意我野台舞女金絲貓一般一扣、一扣解開我的襯衫鈕子，趁他們緊瞧我一身仙白肉的翻目間，我兩步上去搶過鋸子兩步退回野台當場就在我肋骨嶙峋動人的胸谷間來去鋸子。婦人們吆嚷要緊送去救人馬偕不然馬上失血過多。顯然，有個月經梗在子宮口多時的少女受我胸口血珠導引那初經的血決堤沖出人生的第一次直淌下伊黑布學生裙包裹的赤白肉腳灌溉一地已然半死的連翹頭。「哪咻咻咻？」男人圍上來忿個不停，這突來的血光沖到他們頂三代的祖先也必然沖倒他們後三代的子孫：這就是天地間難了的大事囉，誠如其中一位家族代表橫肉面所說「現今請你墓仔埔的死人骨頭祖先出來大家拚死來講也講不直啦哈！」我橫鋸子在褲襠頭，一步步退上台階，閃身入門碰閤門鎖的同時我穿過樑木歷歷在頭頂的蜘蛛網廚房[8]越過粗石子地浴間順手扳倒一台自明鄭以來一直使用的浴槽兼浸衣槽兼漬筍干槽豆

8 多年後，有幸隨人家去大都市盛名的後現代餐廳，見頭頂上鋼樑歷歷發著後現代的冷光，才恍然傷感到：我一度家居的瓦厝自明鄭時代以來已先幾步後他現代了。又，我在藏書館翻閱明鄭時代文書，感悟當時人能耐長句有勝于今人多多。

腐乳槽跳到一坪半大小的後庭在雜草藤絆腳中躍了四次才翻過大陸磚砌的後牆頭。直直我奔向渡船頭過八里坌度觀音嶺，怕他們埋伏公路大追殺，閃閃躲躲尋尋覓覓，將近個半月才到了我們的療養院[9]。

我是隨身帶著那把鋸子來的，我藏它在我心深處。日夜我難眠，忙著思考那鋸子該怎麼用，怎麼用才算用得恰當又厲害、或厲害又恰當，用在什麼見不得人又人人見得的地方？入院頭一天，我鋸子差點使出來割掉大護士先生的腳趾頭，當他抬高左腳搔他右小腿癢同時用趾頭趾著我屁股說「可能沒病只是生痔」，差點他就誤診是「生痔妄想症」。當天晚上，狂人大兄鼾呼直像死豬嚎，我那鋸子悄悄爬出我心深處朝向他胸肌一樣厚聳的鼻頭……。你把大被蓋過來那晚，我可比自然生產孕婦裂裂裂開新生命的痛，禁不住我鋸子就要劃掉你再怎樣的——，虧在那時，菩薩保佑大被內裏原有的陌生殺氣剎那間化合成功一股血親般的肉愛氣味。即就是這愛的肉味磨鈍了我鋸子的利齒；不過，人人記得存在我心深處有一把厲害的鋸子。

你被禁閉那時，狂人大老標先生標中我的嫩屁。憑我進出狂人院的經驗，不讓他殺屁過關那這院中的日子就永不得安穩——午覺時隨時逛過來午尿在你臉上，「不賞屁嘿就賞你嘿小白臉，」那尿味裏還雜有昨夜不知誰家屁的濊。我費了整整三個日夜的功夫，使心力將那鋸子架到肛門口筋之間，當夜把自屁供到他老標的舖上，——後來標先生讚我是他平生所僅見最難饕的雞屁。他特別寫了「饕」這個難吃的字眼在餐廳白板上給大家看。聽說，他私下一薦給大護士不二先生；可惜，我們平常隔著鐵柵間縫都眺到辦公室內不二先生養他老妻恁小隻的那屁股無論形模、肉質不是我們任何男屁可以相比於萬一的。

在我們的療養院

當舖友被哈吊鹽酸或慢肉豬阿樂[10]鎮得包皮經年黏死卵巴皮時，你是唯一個能在官方內袴畫布上噴鎗彩的人。不時，那鎗挺出來空中亂射，晨光中便有滿舖精子夭死的腐

9 我不忍心說出「我們的療養院」的確實所在。我記得當年總管先生叨在嘴皮的一句話：「就是有這麼多社會的寄生蟲自投羅網到這籠子內作白老鼠。」「寄生社會的蟲」我是明白它意思的；不過至今，我仍未思考出他「白老鼠」的比喻到底是啥意思？我不忍心「有更多寄生社會的蟲自投羅網到那籠子內作吃他們白飯的老鼠」。

鮮味。「昨晚天堂鳥來打營養針，」不老牌自閉仔仙陽光中攤開被面上那漬腐鮮，長久凝眸著，直到那腐鮮點滴不漏蒸騰入他的瞳孔。其他狂人便無有這般吸納營養的不老術，有人驚惶這腐鮮忍不住他屁股所以過敏搔癢，有人即刻被感染癢到他屁股可以不要只要——。他們把「棉被腐漬圖」圍成大肚兜兜圍向管理室去密告。良久，緊閉的鋼柵室中開小門出來個管理員兼臨時藥劑師，命令你出舖罰站，還當著眾人目前強你吞下七八倍藥量的慢肉豬阿樂。大護士不二先生晨間例行巡視時，告誡大鳥「如再有發現亂射等不法情事，就電你小鳥大家看。」

其實你大鳥是堂堂吃電過的。某回不二先生北上巡迴友院考察，總管同副管不信哈吊同慢肉鎮不住你大鳥，——我們總算聽到一隻大鳥被電出鳥蛋的嘔嗷聲。當時正是黃昏晚飯時刻，狂人即刻敲著鋁製飯盤抽長喉腸吞吐那人間難得一聞的嘔嗷，自閉人則紛紛捏起飯菜團做成丸子塞住耳朵。當夜，萬千條蠶絲把你連棉被綑在床舖[11]；奈不住午夜剛過，我們眼見一注電流顏色的精子串貫穿大被，直出柵口，清楚聆見它掠過中庭洞空的「咻嗚」「咻嗚」[12]，隨後是對面總管室氣窗「洞通」的響。總管同副管臨時眼盲三日，因為那精子電流糊在他們眼睫上像大片白狗母癬皮；直到不二先生差假回來，喝令他們倆趕緊去用尿酸洗掉，「自慰也不要慰到這種程度——教壞病人大小，」我們聽到不二先生罵給大家聽。

你用精子漿糊縫成兩人合蓋的大被，那接縫處令七八個狂人大兒兩頭使力也分它不開；總管同大護士先生也親眼來看，大護士先生嘆說是開院以來病人自己創作成功的第一號藝術品，總管說只要不礙到別人這特技別人也學不會「隨他倆去蓋臭雙人大被！」夜晚你眼珠浮在大被上像通鋪被海的探照燈，哪個人要在被裏捏卵巴自殺死都被照得一清二楚，即時你掀被下床鋪走過去問，「是卵巴癢還是屁股癢？」白天你縮在大被中睡，誰也看不出你頭在哪個方向，只知凸處碰它不得是大鳥頭就是。有一夜你靜靜說：你要在大鳥還有一口氣前見到你的青春女兒。那是不一樣的；等到老毳或臨終時，再見

---

10 哈吊Hodal，一種抗精神分裂藥，鋪友戲稱吃多了大家會歡喜排隊去上吊。慢肉豬阿樂，一種以Benzo開頭的鎮靜藥，吃多了動作如睏豬的慢，看起來都很快樂。

11 本來考慮用粗鐵絲，但怕有人半夜偷去通屁股，或藏起來慢慢吃，最後官方決定用蠶絲。晚飯後，鋪友大家端坐鋪緣合力剝一條總管提供的蠶絲被，聽說是他初次新婚夜用來作墊被的，——那吐絲的蠶寶寶不知被雙人屁股壓扁多少隻？

12 中庭原有一畝花圃，旋被狂人拔光，自閉者也疑那圃中下的化學肥料是用來慢性空氣暗殺他們的。直到有人不定時在圃中下糞，官方才決定鋪實水泥，讓偌大的水泥中庭洞空。

到中年婦態的女兒——你不能忍受那樣的人生的傷悲。女兒是你初次被禁在山壁邊吃泥灰時生的，少說也有十六七。「我要在我的大鳥還有一口氣前見到我的青春女兒，」我重覆著你的話，我不願改用比較文雅的辭彙，也不願思索或詮釋這句話的意義怕歪曲了它。

我私下向副管提出你我離院的要求。副管說我的問題不難，因為當初是自己找上門來死賴著吃白飯的，今天看這一口飯難吃我們也不好強留[13]；至於另外一位天生來搗蛋的，要離開就沒那麼簡單，除了院方要同意其已「正常，可堪回適社會」外，還要家人具結來領，此後要再回來吃白飯也難。副管將消息透露給總管。總管認為我也不成問題，多一個我少一個我他都看不到；至於那尾大隻老鼠，要離開也得先灌他一肚子廢水，免得一出社會又要鬧出怎樣不堪看的結局來。我揣測總管的口氣，是恨不得天天噴你DDT，免得看你老鼠一隻偏挺著人都不敢看的大鳥，那麼若是這鳥「自動離開」，那總管他早晚餐可多吃下一碗飯回去花在他總管老婆的屁股上。

大護士先生是絕對不肯開具「病癒正常」一類正式證明的。自開院以來，只有活著進來的，出去都是躺在官方補助的棺材裏抬出去的。大護士的考績是年年優等不二的，從來沒有狂人或自閉者漏過他指間逃了出去；聽說上級原本要調升他接掌官方實驗試辦的模範療養院，但他那恁小屁的妻拚死反對，還瞞著他在精神寮後山坡買了幾甲山坡地，準備年限一到退了休就去開墾果園養肉雞肉豬，一貫作業供應百年療養院的廚房。等到對岸那頭統一到了伊的山坡，她夫婦佬既是又紅又專的農戶，又是時勢英雄的百萬元個體戶。如是，是不必展屁股給他大護士看囉，副管私下洩露，總管閉隻眼睛只要不搞到他屁就是，「我看那憨姊頭仔桂花——」副管的暗示也合我的觀察，桂花是開院以來的看護老資格，出了一點皮毛斑疹，誰也不敢吭她大氣。倒是，副管真正憂心：別看大鳥在裏頭挺成氣候，出了社會不到三日要被打斷根的。我說：總比不二日大鳥活吊自己嚇到不二先生的妻小的好。

桂花五時下班，但她不吃四時半開的晚餐，她趕回家去煮晚飯。當她掏出鑰匙打開側鐵門時是四時四十五分，鐵柵門側別無他人都在吃大鍋飯；我們隱在樓梯間暗處，待鐵柵一開，衝上去，原先說好要你假意推她一下，但見你直衝向荊棘田，我見桂花張一

13 副管先生常嘆「愛幹不飼又愛幹」，因為來院探鋪的親屬比例不到一成五。副管先生又嘆「專家啊哪講嘿專家專門做鐵柵的專家」，既是鐵柵條圍的病院那不就監獄了嗎，他自己不就是專職獄卒了嗎？他偷偷告訴大家：他心目中的精神寮是像田園咖啡的那一種。

口大嘴巴愣在鐵柵靠背，覺得不暴力一下成全不了她的「人犯暴動逃亡」，我伸手要打她那可以吞兩根台灣蕉的嘴巴，剎那心想「打人不打面」，臨時手掌沉了下去，在軟綿綿的什麼東西上頭掐了一下，隨即轉向荊棘田，我只聽到自己大聲喚你「離開公路——離開公路——」完全沒有聽見那好彈性桂花的呼救聲。

穩穩倒插一支水筆仔。我寧願漂流：

你踏大步走在田埂上，預計明日黃昏可以相見你女兒一面，然後你要隱居在女兒床後的竹子林，吃初生的嫩筍，聽夜半竹子的相搓聲，不要多久趁女兒青春你就要死了，你自小練過多次緊緊捏住竹葉那葉片就軟中硬起來剎那間劃破喉嚨，你不再到別處，你就永遠睡在竹子林，你只要你女兒用無數的竹子落葉和伊的青春光彩蓋滿你一身。——我必須緊貼著你屁股才聽得清楚你那黑蚊的細哼，做了十年烏魚柵啞巴，後來別人又只肯跟你大鳥打交道，直到躲到大被裏你才有開口說話的機會，你說你的嗓子變得像一種牛氓，但我不知道牛氓是什麼，我說是黑蚊。我用黑蚊的嗓腔求饒說我都市生的鳥仔腳走不得田埂的，如果你答應這事後跟我一道漂流，那我今日黃昏就讓你與女兒相見。

「啥麼漂流？」你在大被中聽過無數次但你還是問，我興奮的說過無數次但我還是要說平生我無大志，只願在這島上漂流，「漂流」其中自有意想不到的——「東西」。「你自己去漂——流好啦，我出生竹仔林，我要回去守在竹仔林，死也死在竹仔林。」「你不是出世在海邊叫蚵寮的地方嗎？」「我出生竹仔寮。蚵——寮可能是你自己的出生地。」

我從層層的腳掌死皮中剝下三仟伍佰元，——是當年在銀樓當那龍鳳玉佩剩下的。我招手叫來計程車。「月世界，」你說，「來去月亮的世界。」我吩咐司機自燕巢轉入田寮小路，你在大被中形容過多少條條小路都通到像女人內裏陰壁那樣的肉巒肉褶。車過燕巢，便是滿山谷黃褐色的竹葉林，不，是滿山谷的黃帶一點枯褐的青；我看得雙眼茫迷，感覺那是某種生命的色調。直到車子驀然停在一片棗子園，你說可能不是這裏，過了頭，車子倒車到另一片棗子園，你說更不像是，可能在更前頭，車子加速衝到又一片棗子園，你自車窗默默凝望許久，才說，「這不是，原先停的那裏就是。」我給仟元大鈔，司機退回伍佰元，說頭一回載過這種「痟人」，收他伍佰就夠，剩伍佰請我去西藥房買「驅風去痟丸」給他吃吃看。

迎來兩隻狗吠，隨後一張少女的圓臉半隱在無數青褐的棗子園中，是因為闖入了陌生人而蒼白，還是上了弦月的肉芽色？「你爸爸回來看妳，」我用最簡藝術的詞句說。「我爸？」「是你爸爸。你爸辛苦回來看妳，」我半轉頭指向無數黃昏棗的後方。「請——不要回來。我媽說過多次一見他回來就吞棗子到死。」「棗子吞到半死全庄的人就圍上來了是不是？」現在多用無線通話機。「我爸——好嗎？」她向前一步，我見少女的瞳眶盈著淚。「你爸就在——」「請他不要回來。我媽出來看囉，」一個中年婦態的女人在門坎處喊了一聲什麼，少女沒有回答，只說，「——我會去找他。」我回頭拉著什麼就走，我感到你的大手全心全意的抖著，我連一根手指都抓不住。我隨手摘了兩粒青棗塞入你手中，要你當念珠捻轉——不必塞入喉嚨，沒聽說過有棗子塞死人的。

我記得在大被中你說過，田寮轉月世界的馬路邊有家朝元寺。你一路蚊鳴著說就睡在路旁的竹子林。我死拖著你過馬路上朝元寺，「我們睡禪房，靜靜心，明天再去看看——當然看妳女兒，趁她媽媽做活外出時。」「夠了。我已經看到她，掛在棗子的卵垂下。一張像她媽媽的臉，」鬱在大被的嗓腔，「我曾在那張臉上出過多少氣力——」我噗地笑了出來。「你回去蚵寮看看嗎？」「蚵寮——看什麼？」師姑送過來晚齋：各一大碗白飯，另一碗豆芽青菜；說山園無事請早睡，明日早起請來早課。榻榻米是軟舖了，多舒服。我躺下來時，你說要出去散散步，「——不是回去那裏，」你指著額頭說只是腦熱睡不下，「這地頭我熟，會自己回來。」蓋慣了大被，一夜沒睡好。待到早課磬響，總覺你人不在大被中，不，沒有了大被，也不見你。我跑下大殿，師姑說：一早清靜，沒見閒人——不過昨夜對街土雞店喝酒又鬧到三更，可能擾了客人清靜。我過馬路，捶他土雞城落地鐵板門，許久，一個睏眼女郎貼著方形窺洞說：是有個生份人，但他說是離鄉多年的地頭人，聲腔像未嫁大姑娘，後來同大家喝酒喝到幹起來，大家都醉了機車一騎也不知幹到那裏去——。我在田寮與月世界間來來回回尋了一個日夜，過你家時我沒進去問，倒是離開馬路尋入幾處竹林叢中；那枯黃竹葉舖就的床舖，倒真可以睡上一輩子好覺的。夜深，我回朝元寺，師姑馬上說：有人在埤塘發現有人醉倒泥沼中。我乘著夜色下到田寮到埤塘的小徑，一路滿眼是月芽暈的陰巒肉溝；我潦過一長段的泥沼才發現你倒插沼泥中，全身挺直用一根枯枝幹撐著，肩膀以下隱在泥沼中見那可見世界之下的巒壁肉褶。

我捐了僅有的三仟元給師姑。師姑答應雇工抬回來，就葬在寺後大片竹林中。我穿上師姑送我的一雙草繩編的芒鞋，即刻出發作我的「漂流之旅」。我想先去一見我多年未見的靜浦海灘，然後溯秀姑巒溪漂流而上……

後來，我終於找了個工作

在我忘了漂流幾年後，我終於找到了一個看守公廁的工作。人家說，這工作的競爭性也挺競爭的；我的前任主持人是被抓到偷吃女廁塑膠簍中的衛生紙團當作他午餐飯團當天就被革職趕走的[14]。為了去衰運，我移動前任用的小木桌換個方位，如今我面對廣大的群眾世界，不再衝著廁所陰密的內裏；這樣不期我就領悟到尿前的膀胱小腹，比諸尿後的屁股走路的款擺間是有天和地的不同。

我新上任於心不忍原先只要收女人一個五元幣，但上級指導單位傳話說，「五元的時代已經過去了，」隨著咱寶島起飛，現今全島時興十元一尿，「貴廁自不能免俗，更不可落在時代潮流之外。」不過高中以下的女生我還是偷偷收她五元幣的，不管穿制服沒有，我是以腰腹間的大小形模作為收五元或十元的判斷依據，腰腹不足以審定的我則馬上歪半身審她臀部曲線的起伏凹凸。如是萬無一失五元或十元。無奈有粒臀，你看納我十個五元都不夠她那樣浪擺的，硬是丟給我壹元小幣一顆，說她每天轉車到這特種區賺吃還不是為了避人耳目，賺的一點錢光納你水肥稅回程坐車就要脫褲嘍，——敢丟我壹元就是吃定不必避我，壹元就壹元長期壹元自成她風格一般，因為那樣的尿孔成天被擠來擠去後天上可能就比較小號的。

我的工作時間限在晨間六時到夜間十時。午時米粉嫂送來粉腸米粉湯，晚頭肉臊媳婦端來汕頭魚丸肉臊飯湯；我的鐵齒屑多在漂流中的隨口硬物上磨散了，如今怪不得人只能飯湯米粉湯。我睡在離廁間七八步遠的磚牆邊，牆頭另邊是賣魚賣肉的市場，黃昏晚市後就靜下了。漂流過境時我又回了一趟療養院；攤開從療養院帶出來的捲舖蓋，枕頭面巾頭罩眼罩口罩[15]毛毯大被蚊帳萬用鋼杯千用匙一應都有。十時五分我準時上舖，兩三分鐘後入夢鄉，其間會被流鶯來放白尿的響聲驚醒——那靜夜的尿擊如谷間下瀑的大，不過不生氣我，我愛死啦其中一位半老鶯花，常常站到憋不住膀胱爆前才小跑來白尿。有回，夢中遠遠聆見她高跟鞋踩著滿尿的舂米聲，仙料未到她鶯花趕不到廁坑就我

14 所有這特種區內的公廁衛生紙，由一位江湖大哥黑狗熊的承包供應；塑膠簍中的衛生紙團再轉包給他外孫媳婦的娘——聽說是賣給某幾家聞名的烤肉店作上好的祕密薰材。老娘發覺每天打包的紙團重量明顯減輕，不幾日以她久年超遠視發現了「衛生飯團的祕密」。

15 之所以要頭罩眼罩口罩，是聽從你的忠告：隨時隨地真人不露相，那就哪怕誰要釘睄你也會釘到不知誰的和尚頭，——何況「吃飯皇帝大」，睡覺比皇帝卡大。

後腦蹲下來噴了一舖蓋濕；多年慢肉豬阿樂的後遺症還在我心身，我連翻身罵人的勁也無有。「人講天落甘露水真正是甜的，」我夢語說，這句話是跟觀音娘偷學的。鶯花噗哧一笑，說她當此時正是生意要緊時陣，等生意淡歇了她會來料理我的舖蓋頭。果然風塵第一信用；中夜後不久黎明前，我被尿醃濕的眼珠果然瞇見白雪她高跟蚪蚪走近來，即時她全身一體鑽入我的舖蓋，用她的肉體蒸爐一絲絲揮發了尿濕，當她在大被內褪下濕乾的套衫裏裙時，我嗅到開放在療養院隔離間後山坡不知什麼花的那種香。

我立志把這嚴肅的「看守工作」做好後半生。當我右手收錢左手發給衛生紙時，她們必然被我這張不二的「經典臉譜」所感動，屎尿時也必然懷著某種近乎聖潔的情懷。如今在公廁旁老舖蓋生涯中，我最常夢到你那時時挺向未知的大鳥。晨醒時，我習慣摸摸額頭，說不定你在眉眼之間噴了來生的精子漬圖；這天我必然在洗手檯鏡子前虛晃幾回，看看你向我預示的來生是如何聲響動作的天地世界。

有一夜，鶯花臨時來窩舖蓋，伸手入內襠的當時抓住另一隻幼秀的小手，鶯花無驚，只淫淫的嘻笑。——也不確定是浮在黃昏棗子園中少女的那張臉，白天不知她哪裏去，還總不忘回我舖蓋來。鶯花姊說有空要教她許多門道。

「不學也好，」我說。

「還是學的好，」鶯花大手捺住小手往我腿間拖壓。

「還是不學的好，」我感到春殘老莖在爛泥中勃發起來。

「要我回去嗎？」

「回去哪裏？」我茫嗒的問。

「不曉得——就是回去。」

「不回去也好。」

——一九九四年

拾　骨

I

在連年激烈的妄想性精神病後，我多半痿在牀上，離牀行走時也傴著胸背，腳掌黏在地面舉不起踵來。妻說這是嗜吃鎮靜藥的後果，全身日夜軟趴，必要時也見不得人，豈止舉不起腳而已呢。

與其躺在牀上空想，不如讀些有益的書。妻到舊書攤綁回來一疊世界地理雜誌，間夾幾冊旅行家。昔日情敵今日妻的閨中密友小鹿則搬來整套靈魂導師奧子的心靈系列叢書。日夜，我跟著心靈旅行家奧子環遊世界直上外太空；好在，奧子與我同嗜，——奧子嗜吃大蒜，大蒜是他的鎮靜劑。

2

有個黃昏，我夢見我們圍著蓋棺前的娘，大家俯著頭臉作最後的凝視。我從兩三個肩膀的間隙看見：娘的臉像大碗公的牡丹花，眉梢到耳垂間暈著大面腮紅。

彌陀寺請來的黃衣法師喃著經懺，有咬緊唇聳衝鼻頭的泣聲，做棺店的工人雜著話語。陡地一聲「喵嗚」，眾人齊齊翻過臉去尋看，——同時我自兩三張鼻嘴的間隙瞥見：娘睜開一隻眼，左眼，朝我睞了睞眼睛。

不用回頭看我也曉得是關在後院雞籠的黑貓闖了出來。黑貓是娘的寶貝。現今，人家看牠是娘的禁忌。在眾人追殺牠之前一步，我抱起了牠快步離開；腳離門坎的瞬間，回頭我望見：娘的唇角翹起一絲微笑，在眾多僧俗腰圍的間隙。

3

我唇角翹著微笑醒來，望見夕陽高掛對頭大廈玻璃上，餘暈瀉下來裂在後院牆緣的刺竹欉。是死去將十九年的娘再度來入夢。

娘死後第三年春初來入夢。夢我剝開老家塵封的門；娘端坐客廳籐椅上，只穿白色裏襯裙，渾身圈著濛光。「娘，」我撲上去抱住伊膝腿，臉在伊小腹間鑽、磨，「——怎麼這麼久沒回來？」伊只微笑，過一會恬靜的說，「我認識一對夫妻，一起結伴旅行，已經十七天，路過這裏，我進來看看，不久就要走的……」

我翹著唇角微笑直到夜的青灰漫入厝內。晚飯時，妻幾度審著我的唇角，忍不住問，「是不是被虱目魚刺刺到了？」

4

娘死時四十五歲，我十九歲。如今，我四十一歲，娘已不用算計年齡；奧子說，娘已進入無限，是屬一種「無時間性」的屬性。

十九歲那年中秋深夜，我痿在火車車廂間過道，面著飛馳的暗鬱的曠野號泣。隨後，在家屋厝簷下，父親掀開白布單底下娘的臉，——是黃昏時刻過世的，那臉上還殘著生死間掙扎的噁惡。是的，噁惡：令人發噁的惡。而後每夜臨睡，眼簾會浮上這張臉。

直到娘來入夢，像初春的清晨，發著恬靜的濛光。之後一越十年，娘旅行去很遠很遠的地方。

其間幾回夢見，夢我手把著鐮刀跨在墓栱上。秋陽下滿山坡人高的墓草蕀。鐮刀起落，久不見陽光的墓土發著一種肉桂燜著什麼的氣息。突地夢我一腳踏空，墓栱凹陷同時轟出一尾青蛇——

在如是的夢與夢間，每年秋節時分，站在墓園前小徑，面對鬱深茫魅的密草蕀林；自沉重的現實人生，由不得自己地走入昏冥的夢境，——而那尾青蛇就在深處等著。

5

唇角翹著微笑的娘再度來入夢，是在一個星期後。那夜臨睡前，妻照例過來說些枕邊癡語：童年時伊家厝竹籬邊有一棵柳樹，不時有人來吊貓屍，在天亮後不久的清晨，好像貓愛在夜的盡頭的邊緣地帶死去，那時無有塑膠袋總用包巾裹著，奇怪柳條那麼細就是提得起貓隻，還在陽光中風晃直到黃昏。

「為了在柳枝上盪風鞦，」我說，「貓就可以一死。」

之後不久，我感覺貓的脊背擦過我的腳脛，同時眺見，娘眯開一隻眼睛。我微笑，向娘眨眨眼，撈起黑貓走向門邊：伊仰起上身，有人號戾，七八隻手團上去壓——。黑貓同我轉出門口的瞬間瞥見：娘直起上身，幾張嘴臉怔睜著，無聲，「為啥不讓我起來，」像浮自後院百年廢井的嗓音。

6

麵線熬豬腳濃湯：我平日的午餐。奧子說，沿著你平日吃過的麵線一路連綿下去便可以到達我心靈的天堂。我懶在竹籐椅內，晒午後一時半至三時四十五分間的陽光，之前和之後，陽光都被周圍的高樓夾死。陽光永遠到不了刺竹旁的廢井，難怪娘的聲音有井垣厚苔那樣的陰。

五時過三分，妻繞過左側灶間，進入我的視域：今天是一張白透咖啡色的大餅臉。被小學生氣壞了伊，今天。入春以來，流行小男生偷掀小女生的裙子，憋到今午，小女生趁午睡時間猛地扯下大個男生的褲鍊。「氣死人嘍，」妻踩著紫色媚絲襪的小腳，「還小屁的一個就沒穿內袴——」

「原諒他小屁屁，」我安慰妻：剛剛我旅行到一個不知名的地方，親眼見一隻會輕功的大鳥光著屁股隻腳站在他母鳥光屁股頂的瓷碗上，我邀請他答應有空來我們後院的刺竹尖上站站看。「到時，可以請妳那些小屁屁蟲大家一起來看。」

這夜，墓土四濺，娘蟒蛇地站起身來。微俯著頭走在陽光大街，靜臉無表情，黑到近乎無色的壽衣，跟在我身後六七步，紅燈亮時我停住伊也停住。轉入巷底裱字坊，字坊主人右手兀自磨著硯，左手遞給我字軸——伊也伸手、接過，那硯台發著青春牌防腐劑的氣味。尋到新開幕的花店，小鹿正忙著插花，「恭喜開張，」我用喊的說，「送來一幅字，」自伊手中小鹿接過字軸，展開：死生一如醉酒花癡，小鹿傻了眼，我嚅說，「不好的話可以再送一幅，」小鹿指定寫：花團錦簇花好月圓。過天后宮，暮色浮在青石板埕，出武廟口。站在麥當勞或肯塔基落地窗前，默默凝盯著我吃喝。我加快腳步頓住加快腳步，伊也加快腳步頓住加快腳步，霓虹燈彩打在伊身上仍是無色的黑。我奔跑起來，閃進家屋，直入房間，鎖上門，癱到床鋪同時聆見敲門聲：叩叩叩又叩……

7

像被蟑螂嚙著卵巴，又像四腳蛇在荒野交配時的嗥嗷。我蹦起身打開門鎖：夜色冥青中，剝了皮的柚子白的妻的臉。

「都是鎖房門的心態在作祟，」妻怪我防妻如防賊，其實她枕邊癡語過後便不會再回頭。「那叫聲呀，」隔日晚飯時，妻還一再形容：當時門外若有活的豬腳走過當下被嚇成豬腳凍。

我只說：昨夜我一路過溝過溪又過河幾乎到了出海口，回頭失了家的方向，所以叫——。奧子說：人生豬狗不如，豬狗還能本能地叫，文明人便不能。小鹿說：光叫不做不是男人。我答應妻再不鎖房門，必要時癡語過後也不需回前房去。

連幾夜，我僵著背脊，等待娘走入洞深的房門：努著心力聆聽遠處大門的叩聲。——實在多年來我已忘了娘，是那「恬靜的旅人形像」讓我放了心：娘走在無有盡頭的旅途上，四周是發著濛光的花花草草，沒有突然擠過來的機車汽車。

那麼，既是放了心，便不是我的妄想了。娘蛺蛺蛇蛇地立起身來，朝我瞅著眼睛，翹著唇角微笑，——千里迢遙伊回頭來尋我是為了什麼？有一夜閃入個人影，直撲上身，原來是冷熱交顫著手腳的妻：又是一頭史前的恐龍，為了躲避洪水，不小心闖入她的腿間……

8

我踩著腳踏車一路廢氣直到水仙宮後，請問六舅家供的太子爺。六舅半輩子霸在花園町耍流氓，老來收腳蹲在厝內做壇主。

「是親阿姊的事，」六舅赫的脫掉豹皮夾克連內裏一件雙S形背心，「我老仙馬上入童，」轉出厝簷前，扯下晾竿上一條大紅巾，綁上腰支勒出三層肉，轉入來雙掌貼在供桌、腳跟浮起來。

那抖，不知是發自膝蓋骨或腳趾端，那抖，延上腰肉贅，胸肌墜，上頰腮，頭也左右摔成倒V字。「苦啊！苦啊！」恍惚來自水宮鱷魚嚨洞的苦聲，那抖在這苦音的基調上添了許多裝飾音，後來又抖成長串的變調，像百日咳的老人弄著他頸間的那粒喉桃。直挨到他猛地彈起來，雙掌落力擊下去「叭」地同時，雙膝委地上身軟趴供桌。「六舅六舅，」我趕上去喚。

「苦啊你阿娘，」退童回神六舅說，剛剛他遁入陰間，娘來相會滿頭滿面是土水，「土土土你阿娘。」我請問太子爺怎麼說。

不巧太子爺騎著麒麟豹出巡去。六舅披上豹皮：即使在，太子爺也不管這種閒仔事。「虧你讀書多，」六舅努著他的流氓目睛溜著我上下，「替你娘想想看，——如何才能出頭天？」

9

我找來一本黃皮民曆紀事，翻到解夢篇。夢到陰宅則陽間諸事順遂，見棺如見出土黃金。那麼，夢見陰宅人身就久病懨氣全消，如枯枝久逢豔陽不得不振奮起來，何況一濕濕精神妄想的陰影。

這夜，我坐在二哥租居的客廳，先陪他喝幾杯台灣XO——米酒維士比。從我的座位，可以眺見不遠處飛機場一閃一閃的指示燈，守衛塔蹲在牆堵上，塔下橫敞過來上百年的墓場。

如果你嚴重鼻塞，剛好又心情不好緊閉嘴巴，飛機頭上過時，準會叫你眼珠子爆出來。他工廠老板就是如此眼睛暴了六七寸，才會強他每天封在那「頭卵熱到相磕」的小家庭廠房十二小時，日夜趕著做通馬桶洞的塑膠桿吸盤，每夜回來洗過澡後就九時十時了，二哥必要喝兩瓶XO台灣以退日積的卵巴火，還好值得安慰的是：在飛機與飛機的間隙，他眼前就是活人做夢難求的靜土。

「拾骨好嗎？」

我娓娓說起：娘怎樣蛇蛇地站起身來，太子爺豹壇壇主怎麼說，黃曆夢占大師又怎麼說，娘怎樣街頭巷尾跟蹤我、看我啃著肯塔雞……「早就告訴過你們，」二哥打斷我的話，「必要拾骨。」肯塔雞再怎麼啃也比不上咱小時後院自家養的土雞。

幾年前，他妻娘家開的連鎖工廠連鎖倒了店，他岳母靈光說動岳父即時拾了祖先仔骨，及時止住了債主追殺的腳步。當時他憂患意識到自家兄弟頭上，「拾老母仔骨好麼？」大哥不表意見：凡事不合實際，他就沒有實際的意見。當時，我正從儒家過渡到陰陽雜家，還是儒家「入土為安」的正統思想占優勢，當然也因為當時我的陰陽雜技還不到家，無能土遁入娘的居厝去實地考察娘的實際。「既然安了，」我土直的總結說，「何必擾她。」

10

二哥囑託我辦好娘的最後一件事，還陪我走過深夜靜土的邊緣，直到看得見檳榔攤霓虹燈的地方。過靜土時，由不得我貼切感覺到，那連綿而去的靜土稜線是那麼樣的深深起伏不定；我由衷想到，連結起來二哥做了多年的塑膠通桿，通過地心，一定可以盤吸住某個坐在馬桶上的巴黎女郎的屁股。

為了慎重，我寄了限時掛號信給在台北忙電腦企業的大哥。隔夜來了行動電話，只說「看要多少錢：辦事要有效率，要合經濟效益」，電話中的噪音背景顯然是個豪華的大吃場。

我鐵馬馬上再度求見太子爺。雖然奧子說：那爺天生不是父母生的，不然他年紀小小怎懂得啥麼嗲剝肉還母拆骨還父。然而小鹿說：在所有的爺中，她獨愛這「讓人恨呢恨到心血沸疼呢疼到小腹酸」的小爺。小爺面前亮兩支千年鑽石燈，有位北極殿邊來的媳婦，求小爺幫她抓住年輕丈夫的花心。

暫時退童六舅問明來意，「去找安阿樂，」左手捺著猶自抖顫的肥肚肉，「安阿樂——昔時的結拜兄弟現時在南門路尾做總管，」右手把著我肩頭順勢推出壇外。整夜我念著那媳婦無限哀怨的腰身。妻過來問我近幾夜常出外哪裏去。我隨手將一本歐洲自助旅遊手冊蓋住眼臉，「近來嚒——計畫寫一本本地自助旅遊手冊給小學生看。」

II

我蟄在殯儀館總務室外有三四陣鼓吹哀樂的久，才悟到：總管包管在館內任何地方就是不在總管室。我遊走館內，每逢看來是館內人士的鼻嘴便擋住問，「可有看到總管大人安阿樂？」人人都說剛剛看到，當我快馬到他剛剛出現的那裏，他都剛剛離開。

有個眉毛濃到遮了半片眼簾的中老年人，挺在冷凍間過道甩手透氣，不待我問就說，「總管大仔剛剛跑路去囉，」又說，「不用問我老貨也知你找他撥一間仔冷凍厝。」因為人人追著總管大人討一間冷凍厝，因為人人明白總管手頭總存有至少一間冷凍厝；而人人知一年四季冷凍厝都表明自己客滿無空。

這濃眉自介是開館以來的首席化妝師，看在某一日我的慈眉善目也需要委託他妝點的份上，他願意私下洩露給我總管大仔的祕密：原來奧妙在所有總管大人的私事一切要透過安阿樂三姨太的玉手。「喏，」首席領著我轉過冷凍大厝的後牆，遠遠眺去鐵柵外一排透天厝中的某一間內，「你看，三太正用9號粗筆描她的處女眉。」

我即刻要趕到總館大門繞過長長側柵牆到正後頭處女三太的面前。「免走遠路，」首席及時指點，「學安阿樂的樣——就從三太胸前穿過去。」我信信步到柵邊，信手扳開兩根鐵柵——果然無錯總管方便換了兩根長條彈性塑膠管裂裂裂開個人模，人模安阿樂如此穿過即刻就到三太的奶前。

我到後來幾回才看清楚，三太座椅的背後疊著三口福棺，右側大玻璃櫃擺著七八個大理石罈子，左側掛個記事大黑板寫著這裏一窪字那裏一窪字。你當時只能注意到，那被火紅高腰迷地裙撐著的肥奶，站起來迎人時那奶儼然有托天之勢，「看風水入木入土花車鼓吹司公做厝——先生你？」

12

拾骨一工九仟。拾骨師傅是府城有名的土公仔獅的嫡傳，手工較細收費較貴，還得配合他的時間行程表。三太BBCALL來一位特約的風水師，當場紅紙寫明靈主的姓名生時日月，算出破土的吉時吉辰乃在：三月廿九晨九時至十時間。

三太指著黑板右下角一窪字：四月十五前拾骨師無空檔。風水師馬上就著他那本墨皮厚曆書，再找出四月十五、五月廿四兩個吉辰時日。我猶豫難決，四月是春五月也是春。「四月十五好啦，」三太用她那刀背割肉的嗲音說，「五月濕熱墓草長又密。」BBCALL響，風水師一面撥電話一面斜著眼珠說：「樂仔嫂今阿日風水有一點歪！」安阿樂仔嫂毡毡地笑，「你哼，」伸出玉指一隻點到風水的肉鼻頭，同時嗲澾澾的問，「金鐔子要噉先生？」風水代我答，「那妳一口金水鐔子通人嘛愛。」

兩粒肥奶奶跳高三四吋，虧在風水師早一步奪車離去。待到奶與奶間端靜下來，三太說，「做這悲苦生意不得不嘻笑裝痟。」我端穆面肉回說，「習慣就好——平日我也一樣。」

三太打開玻璃櫃，展示她的鐔子。黑白花紋的，是後山花蓮大理石，一粒兩仟至三仟。橘色，水蜜桃色，蘋果綠彩紋的，是東南亞進口，一粒時價七八仟。另有一種喜馬阿山純雪石打造，坐飛機過來一粒十萬，——水貨三四萬不止。

我捧出一粒水蜜桃的，右手托著，左手挲了兩三下。「不是這樣，」三太糾正，「咱人手粗摸不出肉質好壞，」三太將臉貼到水蜜桃皮，貼住，兩秒，分開，再貼住，兩秒——連七八個來回。我學著拿桃皮貼到臉皮；一種涼透尻骨的濕香，粉底是美國亞當，腮紅用日本西施的。

逐一面肉貼過所有七八粒罈皮：水蜜桃的香氣不用再說了，橘罈讓我感覺身在深秋黃昏的橘園，蘋果綠我記起曾經我跟著「綠野遊蹤」所到之處無非蘋果綠，花蓮石即時我嗅到花蓮薯的氣味、聽說採石工人便當都帶花蓮薯。娘一生吃得最多的是蕃薯——從蕃薯簽飯到蕃薯摻飯；橘冷傷心脾娘不愛吃，蘋果是害病的人才吃得的——病時娘有蘋果吃嗎，水蜜桃當時是稀有品種娘不可能吃到。我心想：就這水蜜桃了，給娘嚐個時鮮，何況還連桃贈送美國亞當日本西施。

正當我開口指定桃罈時，「噯搖喂，」三太抖高三階乳波地嗲，「黑心石！噯搖喂還有一種南非進口的黑心石，石面幼秀可比少女不輸我的面肉皮，上禮拜民權路吳董就替他老母買了一粒。」

黑心石！我煞時放手桃罈還好穩穩落在三太乳溝間。黑心石！天底下竟有這般石頭敢自稱是「黑心」。黑心一粒實價二萬四，「看在你秋哥舅介紹來的面上，」黑心石一粒萬八。我翻轉頭顱找尋心目中的黑心石。

「——現時全島欠貨，不過我呢有辦法替先生你盤一粒過來。」

「黑心？」我小心問，「是哪兩個字——黑心？」

「噯搖就是黑心肝的黑心呀，」刀背斜45度割著乳坡肉，三太殺毛殺毛地笑。

13

清晨鳥囀在刺竹間時就醒轉，賴床到，午時陽光打在後院土泥的熱漫上床鋪。春陽痿在籐椅中，慢口嚼著豬腳麵線。古人旅遊札記說：開春三月，花尚在苞，春草已長，草亂心迷，不如在家嚼豬腳麵線。妻昨夜拿各色包裝紙裱上玻璃窗，說是不該鄰家春草那樣探過牆頭。不過我獨愛牆頭春草，是詩人奧子說的嗎：只有臨終的眼睛才懂得凝視春草的牆頭。娘死在聖母瑪利亞開的醫院，自二樓病床望出去是連到天邊的甘蔗田，——臨終的耳朵不都是甘蔗桿葉日夜相互磨牙的聲音嗎？

「塔位一位二萬三仟起，」開元寺和尚在電話中說：還請親自過來一趟。祖父母就居在那塔第三層樓，清明時節去過，塔內暗灰如運河河水的色澤。

略過不問法華寺。有陣子，為了平息被追捉的妄想，常到這昔日的夢蝶園看無事烏龜，坐到塔前木條椅呆望斜陽掛在厝堂燕尾。可惜人事不如烏龜無事，死人鼓吹蓋過活人唸佛；辦佛辦到如此地步，不如盤讓給後庭木栱橋下的烏龜。我亂草寫了上百幅題名：夢龜寺。妻禁止我再去法華，「免得每次回家看你一臉龜相。」

14

我在竹溪寺海會塔前前後後走了幾遭，越是覺得它骨中帶柔，頗合我夢中的納骨塔的形像；不似旁邊市立的骨塔像膨大肚的公家機構。

守塔老尼開了大鐵鎖，引我入塔內。南北東西下下上上是灰漠漠的罈子世界，老尼開了小日光燈，每個罈面都浮著一雙眼睛。年輕的眼睛必然說：「這回來了個帥哥。」年老的嗤笑，「帥哥哼我看是老羅漢腳仔。」一位出生於大正初年的老祖媽說，「看他兩邊長髮吃掉耳朵就知道是帶神經病。」另個六十年代中期進來的阿伯說，「不可小看他留的是當此時世界流行的歡喜西瓜皮，簡稱他喜皮，卡車輪讓我的腳踏車撞歪去的那一日，我頭殼頂著的也是這種自由不剃的喜阿皮。」

區分ＡＢＣＤ，高低分排間隔分號。白紙紅字標明價碼，自九萬到十五萬，方位不同價格不等。左廂右廂全客滿，只剩正堂中央空了一排；老尼引我上前，指著空排最底下一格那橘色罈子，「這是入塔不久的前任住持師父，」其上空位就等待未來的主持大師了。

有人駕鶴仙去，有人坐成金身，有人燒成舍利子琉璃珠，——都可以做秀展覽撫慰後世人的眼睛。這位主持師父蹲在這兒未免太自私也太寂寞了吧，不過他既法名眼淨，當然是眼不見為淨了。老尼領我上樓。

二樓被旋轉梯占了空間，又有幾個土黃陶色的長方形盒子，看來不順，大約他那個年代尚未出世漂亮的罈子師傅罷。再上三樓，老尼說她風濕病痛原只內大腿酸現今延到心膜。

我可以同感到那種酸痛，我慰老尼，若是腦神經打結球那就不是酸痛可以相比的了。三樓明亮得多，光線從兩個六角窗瀉入來，平眼看去是椰子樹梢掃來掃去的天空。老尼彎腰指著D區第二排6號，「這是我預定的，」空位上貼著一張紅紙正楷寫明兩字：妙慧。

我在窄小空間內踱來踱去，老尼身子讓來讓去。三樓價位七—十二萬，正面蓮花座位幾近客滿。「哪個方位都一樣好，」老尼說，當初建塔時踏過八卦，哪個方位都穩好，只是價位不同。我先中意B區向西第二排一號，午後斜陽可以射到，又可以仰眺六角窗的天空，只可惜中間隔著樓梯柵條，恍惚隔著監獄鐵柵眺望藍天。

最後初步我決定第六排一號。每天，夕陽的紅暉會妝上娘的臉。平時，娘可以俯看老榕枝葉與椰子樹幹間的紅瓦，紅瓦屋頂下是臨濟正統清修道場；聽說修行有八萬四千法門，閒來無事娘看他們八萬四千姿勢倒也蠻有趣。

老尼要我先下樓去，她老身還上六樓去巡菩薩地藏王。我凝看她手腕緊攀樓梯佝僂著的腰身，想到小鹿也祕密患著這種心瓣膜風濕病，先天不能太過興奮臨到高潮便要小死。我在塔四周又繞了幾遭，娘正對面的六角窗上緣標明法語「真如海湛」，靠背則是「圓性空寂」。落日餘暉歇在塔身，遠遠近近響著寺簷下吊的鐵鐘聲。我愈看愈感覺這骨塔有說不出的風情，——不愧開台第一寺。

15

「竹溪」之名只有巴黎「香榭」可堪比擬，老尼身上的戒定真香就不是香榭大道上婦人的香水味可以相比的了。熬到晚飯後吃過水果眯過連續劇洗過碗卸了妝，妻拿起我擺在妝台上的遷居計畫書：

拾骨工九仟。看風水二仟。骨罈一萬八仟。納骨塔位七萬。合計九萬九仟，雜支另外。

「嗝、」妻先打了個捧心嗝，——是她嗜吃的蔭鼓安平肥蚵的氣味，隨後，歪著素餅臉讚我「竟有能力私自進行這麼龐大的遷移工程」，她原已接受我的下半輩子「只能在床鋪與後庭的刺竹欉間來回蠕動」，害她憋不住今天下課後轉過花店質問小鹿，「是不是他花癡又犯最近常溜到妳這裏插花是不是？」

我說這一切都要感謝娘包給我這個工程，不然我最可能是賴在牀上讀書讀到生痔。奧子教人每卅分鐘要蹦起身旋轉自己三分鐘，就是為了把那形成痔的可能旋拋出肛門口筋外。我在療養院認識一位舖友，痔蟲強迫他半夜在舖與舖間亂步，肛口還不時發著「愛殺愛殺」的呼聲，最後還虧藉著「同性戀治療法」才殺了那痔的腫蟲。

妻心算了幾遍工程預算數目字，搬出小學生用的算盤核對了幾回，——沒錯，九萬九，雜支另外。妻盤問雜支哪些，我另列「雜支」一項：香燭銀紙三百，當場給拾骨工紅包六百，誤餐費加飲料五百……等等、等等。妻望著腳趾頭說她多時沒趾甲油擦了，不擦趾甲油看來就不像都市女教師的腳趾，而是鄉下做田媳婦的趾甲了；自從做面一次漲到八百，她就捨不得讓人做面，她自己剝檸檬皮、橘子皮自己貼面；還幾次唇膏用完了，她將就調了幾色王樣水彩塗上唇去——她省下這些錢，還不是為了我們未來寶寶的奶粉費、以及四歲開始的補習教育費。

她甘願拿出一萬元投資這項工程，讓娘可以就近照顧我。白天她在學校常擔心我自個吃豬腳麵線；娘可以幫她提醒我，別把腳蹄筋吞進去，免得梗在直腸屎不出來。

16

整夜，我坐在後院厝簷下，等待滿月光走入這大廈間谷。滿月光也瀉在娘的墓栱上。哄哄的市廛聲中，我聆見風過墓草尖的潮音。

二哥曾說「你出多少我就出多少」，那麼，就有兩萬了。墓草的利齒曾經嚙傷少女小鹿的屁股，在盛夏的午後，她戴一頂開著百合花的圓帽。既然同是娘肚中的一塊肉，也不好意思要大哥多出什麼，何況是拿經濟效益當生命指標的人，那麼——就是三萬了。小鹿所以嫁不成氣候，聽說是當年那墓草嚙的印記在作祟，每到緊要時刻，那草挺自嚙痕風中一樣顫起來，草尖源源發著非人的潮妖。

三萬買不到半個竹溪海會的塔位，那麼不如供到我的床頭，我吃什麼娘吃什麼，我到南極地娘也跟著去。小鹿老提當年若是死心跟著她學插花，如今光插喪家花圈就叫我心思全無，也不用耗那幾年窩在療養院捉蝨母。

海會不成，不然去住北園別墅：舖位二萬三，風水不論，花蓮大理石二仟，拾骨工九仟紅包省了，合計三萬四仟。想當年鄭經建那北館，也是為今日我娘設想。出院時，小鹿送來囍包五仟，娘住得起開元別館了；一仟還向小鹿買花供。

我找到了行動電話中的大哥，他不知在哪個夜空下罵，「開元？哪裏都可以去就是不可以去開元。叫你別亂吃藥你不聽你看你竟然忘了生前他們吵成那樣，死後還要坐對面相看？」她怨空守療養院那幾年玫瑰開的多是灰色花，她願意讓點生意給我開連鎖小鹿花店。妻什麼都讓就不讓我跟著小鹿名世；那幾年伊每週末翻山越嶺探望療養院，而小鹿善用這空守的光陰把自己搞成小鹿名花。

我幾乎忘了現世的恩怨，何況生前。祖父平生自視儒家正統，居家奉行內聖外王那一套：內聖到怎樣地步了誰也不知道，倒是常常顯凸他的外王，——家裏貓狗都曉得離他腳背三尺。媳婦中只有娘不吃他那一套王霸氣。孫輩中只有我長大後敢平眼直視他。氣不過人他就咒「不知尊儒的都是失心外道」——心被老孔騎的天狗吃掉了，怪不得我後來失了心瘋，娘若非早死看現世狂飆這樣也早晚瘋掉。

17

隔日早晨，我正順風逆旅到婆羅洲外海，被連串擊門連同喊人聲吵醒。來人驗明正身，交給我紙條綑的十萬，只說大哥電傳吩咐。

馬上我鐵騎到竹溪寺大廳，中年女尼收了七萬元，在記事冊上寫下細細的一行字，我等著要字條收據，女尼不知我等待什麼，「若方便，請來同用午齋。」我抄近路到殯儀館後頭小徑，遠遠見三口壽色福棺面上浮著兩朵豔色的奶仔花。

三太按著電子計算機算了又算，開給我一張標明「安樂有限公司」的收據：二萬九仟五佰，多出的五百元是嵌在罈上的娘的小塊磁照片。我答應不日就把娘相片送到，同時要求看看我夢中的黑心罈。「嗳搖你免緊張我全島掠透透掠到人家內庫叫不敢——」有電話鈴響自福壽深處，三太隱入去接。江湖傳說安阿樂要避大太二太時，即時躲入這福壽仔樂中；這好比療養院中有人為避遠來探望的妻，藉故藏在屎尿無人管自己呷的隔離室內。

三太轉出福壽時，雙臂交在胸前，微俯的臉帶愛的殺氣；我在當年青春秋哥六舅身邊跑馬燈似的女孩臉上看過這種殺氣。「免驚黑心現在趕貨在大海中——」這嗓音可以立時凍死沸水中的滾蟲，那緊咬的乳溝壓夾扁所有來犯的敵船。

我有個舖友一天要演練幾回海溝兩岸的攻防戰，友船敵船是他多年來打扁的蟑螂晾在舖下夾層陰乾的。當他攻防得滿臉汗水時，就有另個舖友不死鬼阿三冷不防栽下來抱緊溝棉被，好在蟑螂船是夾不扁的，不然舖溝兩岸之間馬上爆發肉身攻防戰。一路想著乳溝棉被溝舖溝，鐵馬輪自己彎入法華寺巷子，禁不住我想念木栱橋下的烏龜溝。

少年時代我就迷法華烏龜。聽說這烏龜的祖公即是夢蝶夫人的寵物，我懷疑偌大的那隻曾親眼對視過夢蝶夫人「不語似無愁」的眼眸。我最愛半蹲半趴著看：瞬間縮頭烏龜的那股叫人又恨又愛的勁，以及永遠癱在水面不動明王的那副樣子——後來幾年我在狂人與自閉病人之間苟活求生，全靠這無意間學得的烏龜術。

何時拱橋兩邊張開義乳般的鐵網，那網腳各各插入泥中，成就一隻密封的大乳包。我扭著眼珠搜尋大烏龜，他們竟然忘了在裏面放幾塊晒龜石。我初次見大龜攤開來晒在龜石上，當下就了解「帝國」這個辭彙的概念——只有幾隻小龜趴在網上肚皮向著日斜西天。

我踅過慈惠室，還好董事長夫人大菜姑還端坐在胭脂花雕椅上，只是眼窩下的壽窪了些。因為大家忙著她座椅靠背後那些嗩吶經懺喇叭，大菜姑用小女孩的嫩音說著笑，

「什麼時候龜沒水呷囉誰也沒注意，某一日半暝有隻大龜趴到老住持的肚皮上——」

18

我俯頭扒飯挾菜，心中盤算著如何解救陷在鐵乳包中的眾烏龜。「今早誰送東西來？」妻說隔壁阿嫂告訴她。——就是這雞婆嫂子！我一肚子龜氣：當年就是她密告我夜夜不睡不知在接收什麼、放送什麼，到今天她那隻單皮鳳梨眼夜夜崁在刺竹欉中。

「哎呀真是的——」妻嗔到夜深：大哥連小小一萬元也不肯讓我們出。不過省下這一萬，可以讓我們未來的寶寶學幾句蒙藏語，據趨勢專家預測到了寶寶當道那時，蒙藏語即將取代大漢語成為世界語。我撫著妻大腿的外曲線同意，據我旅途所見內蒙古的藍天是世界上最藍的藍天。禿鷹一樣我挺翅滑翔到大腿的內曲線時，我悟到蒙藏高原高也高不過我睫前的恥丘。「——哎呀，」真是的妻撞見大門上高高撐著個人頭。

原來是二哥，喊我同去夜市，馬沙溝海鮮攤蒸了活跳蝦，烤兩尾秋刀魚，炒兩百元豬卵孵，當然不忘米酒維士比。二哥說自從上次見面後，他心中掛著一事，連夜不得安眠。活跳蝦是特意叫給我吃的，自家人都希望我活跳起來，他們都看厭了我走起路來軟腳蝦不如。奧子也透露生活的祕訣就在活跳，活跳到底，自然叫你不得失眠。前不久我曾連夜行腳到東海岸秀姑巒口，黎明時返過摩天、天池回來，果然那日一路雲水浩蕩直睡到黃昏。「會不會——」二哥一雙筷子夾三粒卵孵，「蔭屍？」

平生吃盡天下卵孵，做人也值得。二哥檢討他的半生：早年在染整廠，被噴射出來的胺酸沖到眼瞳，整整三個半月瞎子一樣，兒子就是在那個瞎子時期摸黑生的，怨不得至今為急著「轉大人」的兒子氣心勞命；後來換做車床工，被機械削掉半隻姆指，食指中指都比姆指長就不明白為什麼單刀直入姆指，女兒就是在那斷指時期生的，落到現今，每夜下工回家第一件事：檢查女兒的姆指；前幾天，只因環保局的人找上門來，吸盤老闆下令關閉所有的門窗，免得大到心臟自己都聽不見心跳的噪音滲了出去，——你可以想像嗎一隻半生活跳的活跳蝦被封在火爆鍋內燜！

「若不是蔭屍，我們做兒子的怎會落魄這樣？」下次碰面奧子，必要告訴他：米酒維士比配卵孵，人生真有說不出的滋味。妻家姑媽是府城有數的富婆，竟然女兒夭了青春，姑媽送女兒一口當時少見的銅棺，十數年後女兒數次向人託夢，說她浸在水裏又冷又濕，幾度猶豫終於開了銅棺，——是青春女兒的模樣，只是那青春在棺中腐了十年，從來沒有那樣不堪看的青春。有個暑悶的黃昏，我在赤嵌樓邊牆重逢一位舊友，驚問他怎麼會有那樣比我更不堪的臉色，他嚅說他同亡妻睡了年多，亡妻體貼他床褥濕又熱，讓他日落時分出外透氣……

19

「不會是蔭身，」我說。

秋刀只合吃他魚頭，不然秋刀吃多了開口就有秋刀氣。「無可能是蔭身。」二哥瞪大卵孵仔目。只有世界偉人民族救星一代宗師才有本錢把自己搞成蔭身，我舌挑跳蝦在唇齒之間：當年娘厝的是原杉肉色薄棺，當時連上幾層厚漆的錢也省了，棺一落土鐵鑽跟上去前後通了風洞，——真怕那鑽到娘的腳掌，現在你要娘是蔭身也難，娘要向不知跑到哪裏去的蛆蟲討回身上的肉。

「我賭你是蔭屍，」二哥乾了XO台灣，大聲吩咐上酒上菜——再一盤豬孵仔，清炒，不必薑蒜。我賭你是蔭屍，因為你娘的阿爸也是蔭屍。他小學五年級時，親眼見與人談話中的外祖父，哈笑一聲同時喉嚨發出一種「拱豬」的濁呼，就往後一倒。幾年後他親眼見棺中的外祖父渾身紅膏赤肉，流氓舅恨得當下罵：子孫的血都被你吸到烏瀝色嘍，怪不得姨們紛紛早死，舅們個個竹竿樣除了流氓肉舅。

我的唇齒之間，噛著你的卵孵：禁不住我哼起歌。奧子不叫人持咒，心神不定時，只管哼歌：——噛你千遍也不厭倦。「我一萬賭你是蔭屍。」他童年時賭玻璃珠尪仔標，青年時賭棋子麻將、四色牌輪盤轉，壯年時賭大家樂六合彩，今晚他賭蔭屍——就在他賭蔭屍的這一刻，他入了哀樂中年，我注意到他原本湖青色的眼泡瞬間轉成龜皮色澤。

「我十萬賭你不會是蔭身。」也不厭倦噛你千遍。

20

當夜，我腰掛寶特瓶XO台灣，遠遁入地獄的後門，見他們永遠在中庭乾烹著一只地牛肚大的鍋等著你，內裏千百萬億個人沸上沸下一點不嫌擠。來時路上我睜大眼睛沒有碰見娘的影子，最可能娘也在大鍋中舞，我拿XO台灣澆在小腿用勁戳了幾下——平生我最恨沒有螳螂的後腿這時便可螳入大鍋中。無奈我轉過後花園，見一青衫小尼姑踮腳尖捏竹桿挑梔子花，我一躍上去替她摘了七八朵，順便央她轉告娘，「我十萬賭你不會是蔭身。」

地獄門歸來顧不得豬腳麵線，我送小照去給三太。三太拿相片了好一會，「多時沒見你秋哥舅了，這姊姊和他一樣風流標緻。」「有無可能，」我囁嚅著，「是蔭身？」

「蔭身？」三太倏的瞟一眼相片，倏的將娘鎖入抽屜，隨後媚起面肉團：拾骨是小工，蔭屍則屬大工程，——收費另計。不過，蔭身也不是容易的呢，人中百不得一。她安樂公司就做過一回這樣的生意：有位年輕人要求為他瘁死的愛人保持青春至少十年，安阿樂拍她胸脯保證他安樂公司醃製的功夫乃屬府城第一流，當場並立了切結書「保蔭十年」……「像妳娘那麼好看，」我跨上鐵馬時，三太妖嗲嗲的說，「蔭身也差不到哪裏去。」

我趴趴騎到水仙宮後，六舅正在壇前水泥地上就大水盆洗腰巾，那腰巾的大紅上窩著幾處漬白。「總是臨時找不到衛生紙，」六舅邊搓邊叼著，「臨時抓來作屁股墊，——伊娘的想不到白帶這麼多。」我蹲在水盆旁，恭請六舅同參娘的拾骨禮。「幹——」六舅拏腰巾湊上眼鼻，「我幹——又搓破了。伊娘的嘿我就講過：世間第一毒這白帶卡毒嘿鹽酸！」

我轉到裱字坊隨後過花店，把方字正楷花好月圓掛上中堂。小鹿捧來兩束芍藥讓我帶回去供娘，扯著我的衣袖入花叢，「氣死人嘍近來奶都氣瘦囉——」果然原來驕人的廿世紀梨現今消水成白珍珠蓮霧。

21

妻削了兩隻水潤光的酪梨送上床鋪，我說我剛在外頭路邊水果攤站著吃了兩粒蓮霧珍珠。蓮霧好看一個頭，妻說還是梨子多水、助消化兼又養顏顧心脾。「這回二哥跟你賭什麼？」妻曾建議二嫂：拿芋仔兵他們擦槍用的長條通桿，沾菩薩座下的蓮花油，從喉口直下通到屁股孔，包管妳去了賭徒丈夫的賭性。「他一萬賭娘是蔭屍；我十萬賭娘不會是蔭身。」

臉枕上我的腋窩來，梨汁露在我的腋毛尖。「蔭身有啥了不起？」妻小口小口啃著吮著梨隻：伊的娘就是蔭身，會蔭身全因為伊爸的風流，伊的爸是那種大開大闔的無賴，娘是撞見正在別女人身上大開大闔著的爸，當下心被那兩盆骨盤相碰擊的叭爆聲爆碎，阿爸於心不忍四處採了許多娘愛的草花塞滿棺中，娘葬後三天不到，爸又爬上一個遠來送葬的女人的肉體，那女人胯間流出棺中草花的腐鮮味，源源蓋過伊正在廚房做的蛋炒九層塔的香，——後來每個女人都流出同樣爛草花香的味道了，當汗濕耳鬢之際，爸面對的是娘的蔭身……

我挺直直雙腿，讓妻在愛字頭上做工：蔭屍若有這樣美的看頭也不枉費了她蔭身一世。雖然同是無賴，我是屬小磨小轉那一種，小磨小轉保證妳細水長流，不像山洪爆發轉腿間乾旱又逼人。妻說有個同事小姐，每二三天胯骨就要裂開三四寸，可憐看她開八字在教室走廊半拖著走。過幾年，我人生計畫偕妻搬到曾文溪上游集水區去，這長流細水保證都市你們冬夏不必分區分段停水。

「快成脫水人乾了……」妻弱聲哼，即時我鼓振小腹將要狼嗥一呼結束這愛的長工，正當此時我聽見一台厚重的東西悄悄熄在門口，同時噠嗲滴不客氣噠嗲滴——

22

難得大哥抱歉當了一天我們左鄰右舍的起床鳥，噠嗲滴噠嗲滴，難得刺竹欉間那單皮鳳梨目今晨可以早一個時辰休歇去。大哥說他昨夜南下山鄉趕赴某位土霸的五十壽宴，那宴席擺在星空下五千萬多桌坐滿了五千多萬人，服務生從領班到上菜清一色中學生少女，一例塗了初經血色胭脂唇；他若不是惦著娘的大事，最可能跟著人家留下來排隊吃嫩筍。「筍嫩不比虱目魚肚嫩，」妻要趕去早市。我及時宣佈：今日早午素食，晚餐可以不論，——尼姑吩咐的。

六時正，妻惺眼朦朧中，我們出發。銀子打造的「便池」車劃破銀灰漠的街道。六時〇九分，在二十四小時幼齒檳榔攤旁接了二哥。

停在市場巷口，望見內裏六舅蹲在水仙宮前階上，噠嗲滴噠嗲滴，六舅弓著身走來雙手供著什麼手肘邊香煙繚繞。兩條黑龍自花彩南洋衫的肩背滾落胯骨，六舅嘆他老貨今生頭一遭坐這種便池轎車，為了坐鎮這德國便池，他昨夜老遠到安平結拜兄弟壇請來小尊地藏王。為了比拚地藏的黑檀煙，二哥燃了支長壽，大哥則唇銜一支細長條的豪邁士威爾。

七時正，遠遠見安樂公司招牌下駐著兩人。寬肩韌腰芋仔細頭戴紅色打鳥帽提紅巾包袱的中年人，一見就知是正牌獅記拾骨師傅；師傅介紹他身傍戴西部原色牛仔帽，肩披一大口蔴布袋，腰側枕著鐵鏟長柄，看來像阿里山羊羹的年輕人，是獅記的見習生兼助手。——這見習手出乎我的工程計畫之外！「我改搭火車吧，」我乖乖下便池。請師徒兩人上便池。便池絕塵而去隨即塵中退回來，夾心荖藤一樣把我送到車站放下。

23

我在販賣部買了新一期的旅遊雜誌，專輯：消失中的天堂之島。人這種萬物的靈的東西是無遠不去無近不到的，去到了就畫框下大小口徑不一的泳池，天堂就逐漸消失泳池中。奧子說他在所有天堂之島的泳池都小便過，妻幾度告誡我澡盆是用來洗浴的不是讓人尿尿的。但是尿尿是為了騰空小腹，空的小腹便于飄浮，澡盆是勤練飄浮的好地方：如果你能在澡盆中飄浮，你就能在這飛馳的火車廂中飄浮，那麼現在你就飄浮在天堂之島的任何一個泳池了。

十九年來，娘居厝在紅毛埤下八掌溪河床。只要娘會飄浮，順八掌溪而下，出海口，即刻我們就在愛琴海天堂池中會合；讓便池車上的人們去趕赴一個「空棺的約會」。聽說太平盛世多空棺，因為躺進去的多是四肢完好的人，暑悶的午後黃昏大家相偕去市立或私人俱樂部的泳池飄浮，冬天，尤其寒流來自西伯利亞的時候，他們都在24小時大夜市圍爐，其中小部分人喜歡圍在便利超商的微波烤爐前。

有一套健康法，流傳自這些飄浮者或圍爐者的閒扯中：有一陣子，娘清晨四時即起，在後庭芭樂樹下擺十二大杯清水，清水可以洗大氣之于人身的污穢，大量清水引來頻尿，物必有用物盡其用尿之為物在此翻作循環解毒劑，尿液珍惜滴在喝過的空杯，之後就是一口尿水配三口清水——娘喝到腎水腫，腫下足踝上指關節。飯桌上，娘手捻筷子兩三次滑過魚肚，「想不到今日被虱目魚肚皮欺侮，」伊紅了眼眶。

娘腫痛得厲害時，六舅一度率府城三姓元帥搭火車遠來探看嫁出去的女兒。元帥坐轎在沙盤上衝來撞去，直到夜深一支木筆才寫出個名堂來：可惜這回六舅識不出名堂，只說可能是個「黏人的」煞星，他流氓一世人遇到這種煞星由不得他也被黏到腫腳。隔日清晨娘起個大早，笑吟吟到後院抓雞，手勁無力劃了七八道雞脖子才瀉出血來。元帥喝過清燉雞湯，包車回府。娘還上市場，午餐煮蝦米絲瓜粥，餐後發麵粉做三角紅豆饅頭包子直到黃昏。

煞星入到娘的內裏做活。娘清洗水槽暗溝，一下午在後院爬凳子摘掉爛在枝上的芭樂，醃漬前庭的芒果干，搭新柵架試種紫葡萄，替我們所有破損的制服衣褲打上補釘，吃更多的虱目魚土田蛙，喝更多的水合尿——六日後清晨趴倒尿杯上，身傍矮長凳上端整站著七杯清水、四杯空杯。

24

我在紅毛埤堤面下了計程車，悵看春草幢幢的池水、盡頭處疊層而起的遠山。年少時，總想有一日會走入那山的不可知處不再回來；料不到成年後淪入都市的深坑，從坑底辛苦爬上療養院，院後的腿只合蹬家中的枕頭山。

便池車停在乳牛柵場與香蕉園間，乳牛的身紋來自荷蘭，香蕉的彎度來自呂宋。人在墓碑的洗石仔白與亂草莽綠間：等待破土吉時九時五十分至十時十分。黑面地藏坐鎮墓庭前三棵檳榔樹底，六舅在不遠處墳間忽高忽低不知找尋什麼。

紅頭師傅看這墓園風水不順，一來迎面埤水蓋頭壓身，二來背後凹攤下去赤裸河床了無靠山，尤其這庭前檳榔擋住去路，正好三兄弟一人擋一路。大哥感嘆他早年買了些股票，至今死標票券在牆上當飯後飛靶。二哥怨氣他在「大家來六合」場上拚殺多年，從未掠到一隻大支特尾將軍。我難忘從前站在家後庭便可千里眼見安平歸舟、星沉大海，現在月亮只能直著脖子在大廈谷中看，妻說早晚看到倒頭栽。

九時半，師傅吩咐先拜土地燒土地公金。穿過檳榔樹，娘曾望見我挽著少女小鹿的腰走在黃昏的土堤，滿月光的晚上熱血難安的青春飛車在堤上追逐來去。六舅轉過來說他要下到河床撿鵝卵石，帶回去替小太子做個假山水。躺在療養院床鋪的最後一年，我常夢想搬到這墓園旁搭間木板厝，聆聽暗夜溪水纏綿過草尖樹梢的寂靜之聲。六舅想必是怕見什麼，地藏菩薩的眼睛答應替他看。妻事先說好不准偷偷搬到哪裏去，「——我又不會擠乳牛的奶，搬到那裏做啥麼？」六舅見過少女時代的娘，後來浪子帶過多位浪女來家說是要跟姊姊比美。

墓拱鏟入尺深時，還不見棺木，二哥紅肉李的臉慘淡了些。拾骨獅指揮助手順著不存在的棺槨，挖個長形凹窟，隨後他自己踞在其中，拿小鏟一鏟一鏟鏟出泥土——無人出聲發問，但我們都疑：連棺木碎片都朽無，莫非真應了古人那句話「一切在塵泥中消失」。我抬起凝瞪得發疼的眼，遙望一泓溪水閃碎著日光——是否等不及娘自己搬了家？

25

「那不是頭殼嗎！」二哥驚呼。

我們攏蹲土槨上看。助手即時遞給師傅一把黑傘。拾骨獅撐起烏傘，同時把傘左右晃著唸：天皇皇，日皇皇，烏傘保護妳重見天日免閃到妳的目睛。毛鬃刷子刷開碎土，——完全像骷髏影片中的骷髏頭，二哥剛剛的驚呼中有一絲心頭卸落石塊的鬆慰，——不是傳奇中趕路回家的行屍。

「哈啊，」頑童對付初生花苞一般，拾骨獅自下顎摘取一枚金牙，「看，鈍金不壞，」喜孜孜的示給人看，「值得帶回去作紀念品，」但沒人伸手去接。金牙示到我面前時，我手腕反射似地伸出去——金牙落到掌心，指掌緊緊圍起來。

不壞的還有尼龍壽衣，自頭顱以下烏黑亮澤遮過足踝，領口見鮮白襯的裏衣。骨獅捧起頭顱，翻看兩下，說是下顎已經蟲蝕，還好顏面仍然漂亮。助手拿來蔴布袋，二哥伸手接過，助手教他用兩隻手肘關節頂在膝蓋，腿膝開闔便可控制袋口的開闔。骨獅將頭顱放到袋口的瞬間，急轉彎交到我的手上，「這——最後放，」人身要緊不可壓到頭顱。

「頸椎有七，」骨獅大聲說與人知道，隨後聽見東西一塊不少落入袋底相磕撞的悶聲。肉手摸入壽衣大陶領，「鎖骨二支，」骨獅比上自己的胸肩，「女人鎖骨幼秀，」雖是幼秀仍被粗手丟向蔴袋，在袋口交錯墜入袋內。「肩胛骨兩片。」大哥伸手截住：骨胛上爬滿嫩芽色小莖。之後，每塊胸椎同樣趴著蠶絲樣莖脈。「胸椎十二。」

大哥問：是啥麼草莖敢——？骨獅摸到腰椎：是野草的莖，不久就會穿破骨孔；還好不是野藤的莖，他曾摸到過野藤莖纏穿整支龍骨椎，你一塊動它不得，要就讓它撐站起來——。腰椎有五。隨後左右手各抓出一把肋骨，「誰算算看兩邊各十二支，」又說，「不用算——不會錯，」喀喀啦啦擠入蔴袋內。

我右手尾三指捏緊金牙，食指拇指扒著、扒著眼窪鼻窟中的砂土。也許近水潮濕，顱面是赤棕色，像娘每晚臨睡前喝的當歸補血液的色澤。我左手掌貼著頭蓋骨，沿著後顱，徐徐起伏來回：讓這質地與曲線進入、成為我掌肉的記憶——小時娘也這麼撫著我們的頭顱嗎？食指拇指悄悄繞過下顎，趴吮著顱壁，一分分蠕入內裏：恍惚無止盡的，洞空。

26

大哥接過鐵鏟，大力一擊，墓碑折斷墮向墓庭：娘在墓庭前緣綑紮好的蔴布袋中。我們等待六舅返來。師傅問：何以墓碑上的祖籍寫著「台南」？在他拾骨生涯中，只見泉州、詔安、廈門、潮州……。我們望著地上碑栱下緣那兩個大字「台南」，無人回答。

墓碑上文字以及墓庭門聯，是祖父用他的一手工筆寫就的。想來他在世時，大約無人提過這問題。他總自稱是台南北門人，終戰那年自田庄移居府城。娘的娘家也來自台南北門，外祖一代已在府城有厚實的營生。自命儒家一生的祖父，不會不知道自己的祖籍來處，媳婦嫁過門時不可能不考究她的本家祖籍出處，他當然曉得「廈門」「同安」是墓碑文化的約定俗成；娘死那年，祖父年過七十，退休蟄居在鬧市一條僻靜的巷底，他先在舊報紙上試寫幾遍，之後在一張潔淨的長幅白紙上工筆寫下：台南。

六舅迂緩在墓栱間，左右手各提一隻袋子，右肩明顯下垂：浪子六舅還保持年輕時的習性，右手是用來做粗活的，左手是保養來玩軟的。他向河床邊養豬人家要了飼料袋子；小太子玩剩的鵝卵石，他可以自己加工成星宿老爺託夢落下的殞石。他跪在墓庭，向蔴袋中的娘磕了幾個頭，感念說自己嬰囝時娘辛苦揹他去抓中庭老榕樹上的鳥；隨後他用江湖大哥的口氣，嘉勉師徒兩人的手藝，沒有壞了他秋哥大和兄弟安阿樂的交情義氣。

二哥過肩揹起娘，大哥手執線香前導，出墓庭，過蕉園，上便池車。娘安坐前座踏墊上，其上是二哥手中的不斷線香，引導娘過高速公路回娘家台南。在乳牛場前我們暫別。我反向經洩洪道旁小徑爬上埤堤：春草連綿而去水漣漣的盡頭是迷霧的群山。我下到埤岸，蹲著將捏緊的拳掌浸入水中，我閉上眼睛，感覺娘的牙齒濡濕起來……

27

我步行出紅毛埤，在中途一家露天冷飲攤歇坐，渴飲檸檬汁。摩托車下來幾個青年男女，是穿制服的專科學生，多叫大碗蜜豆冰，只一位要刨冰芒果青切片。

那含著芒果青的唇片就在我的斜對面。一種波顫，起自唇肉裂紋，漫到頰腮。那腮肉，不時要躍出波顫之外，又被內裏什麼緊緊喚住。我凝盯著女孩的臉，漸漸濡入那肉腴的內裏，見到娘的骨：我親切感到娘的骨，是那麼樣渴望豐潤的肉。我化作娘的骨，癡睨著女孩，不，不是作為女孩的整個人，不是少女的美或氣質，而是靜物一般的眼、鼻、腮肉，捲上衣袖露出的手肘，蓋過膝頭藍裙下的小腿肉……直到她微吐舌尖左右舐了舐唇角的汁液。

我垂著頭走在暮春正午的陽光中，茫嗒的想著那左右一溜的生鮮的舌尖，想到「永遠從存有消失再也讀不到日新月異的食品目錄的」娘的舌尖，腳跟沉重起來腳掌在柏油路面黏噠：這整個遷居工程設計有了無可挽回的疏漏，——娘的血肉遺留在那剛被廢棄的墓坑，墓園裏的草木枝葉都溶有娘的血肉養分。我心念一動腳尖正要折返，「叭」的一響驚我一嚇，一輛計程車緩緩停在前頭。

很快我穿透車站月台人群間隙覓到一雙黑窄裙繃的大腿，交疊在候車座上，自裙底內裏曲線出來的暗影反襯出滿滿的肉白。娘的大腿骨，素到不帶一點贅肉，被摀入蔴布袋的瞬間，我感覺它恍若枯枝猶緊緊留戀著葉肉。我緊跟著那滿月盈的大腿上車坐在斜後座，一眼不敢看掉了交疊中的，左右換疊時的，平行緊攏著膝的，間或晃開膝腿縫來……

28

下了火車我換車直奔夜巴黎。午後夜巴黎平常人家一般的靜，靠壁長凳坐個中年女人，隻腳抬到凳緣打著盹。內牆一排妓女牌照相框下，有個穿白色套裝長髮女人微彎腰就著水槽洗著什麼，繃緊的豐臀凹顯黑色三角袴的勒痕。打盹的女人眯開隻眼又闔上，「柚阿子，有人客嘍。」

她要我光著屁股坐在床緣，她右手拏高水盆，左手清洗著我的下體。兩團乳肉的白在領口間蹦，我幾乎無意識的伸手入去，剎那捏住滿滿一掌的乳肉。她說這是她自訂的規矩，她不能忍受男人把積了幾天的尿污混到她的內裏。「柚仔，」我很難說得明白，我整個身心貫注融化在指掌間的肉，「柚仔，」我說我要給她加倍的錢，但要讓我盡情掐她的肉。

「不是柚仔，她們叫我柚阿子，」果然從黑蕾絲罩杯蹦墜下來的雙乳像圓大的白柚。她說少見你這般蒼白文靜的人，也少有人真心迷戀自己身上的肉。我用下唇仔細稱過柚乳墜的重量，隨後貼上眼睫磨挲乳暈的質地。柚阿子說起她的柚仔乳不是亂來的，從小她家後園半分地專種白柚，收成時她一個一個挺腰撐著捧上牛車，如此長年養就她厚實的奶質，——直到十九歲她上都市加工廠洗大堂澡時，女孩都豔羨她兩粒柚仔奶。我鑽轉著鼻頭，層巒疊就的奶肌，我感覺不到娘的胸椎。

我躲到她蓬草的恥毛間，悄悄將娘的金牙含在唇齒，埋纏大腿內底撕咬，腿窪間蒸騰開一種廢水沼澤般的殺氣。——後來我嚙吮她的臍肉時，她說她從未有過兒子——今天她感覺我就是她無緣來出世的兒子。我說我要從臍孔入去，她說只要能夠就讓你入去。你入去就永遠不會出來了。你不會再來。不過不要緊你入去永遠不會出來了。

29

在福壽棺前，他們圍著吃陳年老人茶。大哥笑我難得臉色好看，一種紅潮，自鼻翼漫到顴骨。我只說一路豔陽兼又舟車勞頓。「說不定是一路豔福，」三太的嗲音，我只眼尾覺到今天她一身緊的韻律上衫，沒有注意那衫上是否掛著乳溝。

娘現在獅記的祕密燒窯。一下便池，拾骨獅即拎著蔴袋上機車汽缸，趕赴他的祕密燒窯；府城人傳說他的燒窯可以燒出指定的大小形狀、色澤。——莫怪我剛剛那時嗅到一種悶殺的腥焦味。二哥怨說在此品茶品了兩個小時多。大哥勸我吃些桌上擺的素食粽、素食粿，我搖搖頭，心內回答，「——娘吃過了。」

拾骨師傅帶回來一個土黃色硬紙板包裝的盒子，拆開：照片中娘的面肉白浮顯在黑心圓的質地上。師傅指點我們兄弟一一上香，同時喊，「娘！來去進塔坐位囉！」我捧起罈子，坐上轎車，將娘安放在小腹兩腿間；陽光從玻璃窗射入來，那極黑的罈面上閃著肉眼幾乎見不到的碎紫。

誦經尼師已等在塔前。午後三時的靜寂，似有若無的喃經，風過葉隙的無聲。娘穩穩坐在黑心圓內，背後是深不可測的塔海。我雙手合十：「娘，——就是這樣了。」瞬間娘朝我睞了睞眼睛。

30

我亮著燈直到天亮。日光燈下，娘的金牙兩傍各嵌著一隻白牙，那異樣長的牙尖想必是在泥土中吐筍的，筍隻這裏那裏漬著久年褐色印泥。妻只入來一次，在我床頭放了一個葫蘆形小紅布包，離去時那眼神說：——誰不曉得你帶了珍品回來，不讓人看就自己寶貝好了誰敢看你寶貝——。

清晨被一隻大喉嚨的鳥叫醒，「金瓜汁是珍品果汁」，「金瓜汁是珍品果汁」，大概是牠新開發的一種果汁，一大早就到處報給人知道。我聞牠大鳥聲，就起而往後院走它一萬二仟步，口中默唸「金瓜汁金瓜汁」，直到一念不起與這金瓜汁溶成一氣，當下我發覺我隻腳已經站在刺竹尖上，我摸摸褲袋深處的葫蘆包，我們等待——奧子剝好大蒜皮，即時騰空出大廈間谷，一起橫向無所謂的遠方。

——一九九三年

調查：敘述

兩位自稱是「事件調查小組」的調查員尋上家來，開場說：這是個平和的時代了，過去的陰影哪都可以拿出來在陽光下曝晒，有淚——如果還有淚也允許公開的流，「道歉——平反」是可能採行的模式，讓我們大家在歷史的傷痛中哪一起成長。「痛，痛，痛，」窗旁的八哥學舌著。大概是老調查員把痛字咬得太重了。「痛，痛，痛。」妻奉上茶來，茶香中一陣沉默。

我抱歉有關家父的事我所知有限。家父生前經營糖果作坊，做糖果批發生意。祖父一代還是做農，先人一直居在學甲中洲，是十七世紀隨大將軍家眷落腳島上的那批移民。外族登陸布袋嘴那年，曾祖也隨鄰人拿著鐮刀矛槍對抗一路殺來的馬靴火銃。虧，曾祖輩中的某人避到府城，親眼見城市人開城列隊歡迎敵人的風光。「第一做田憨！」這位曾祖如此憤恨死在田庄。好在家父棄了田園由麥芽糖起家，做到府城數一數二的東洋糖果專家。事件發生，糖果專家代表果糖業列名地方處理委員會，有個家父的結拜好友這麼說。直到前幾年選舉熱時，我無意中看到某些資料，那個處理會的名單上並無家父名字。我落力尋到當年那父執好友，天天蟄在他家陽台護養蘭花，他說他從未說過什麼人列名什麼委員會，他自己倒是多年列名蘭會理監事；不過，臨別時他囁說，可能家父在什麼會開會時講過什麼話。

「根據本人手中的資料哪[1]，」調查會來的老調查員客氣的指正，家父並未列名處理會，似乎也無可能在會上講過話；但曾經有個受訪者指出，有位彷如家父身影的人哪帶頭衝入警局派出所。我愕了半響：果真父親那麼樣勇壯，莫非田庄憨祖先的血一直在他血管內奔流。我淡淡的向老調查員說，對於這種無能證實的指控，作為遺屬的我們「不能也不會」接受。多年前有個黃昏，有位自說是家父密友的女人找上門來，求家母讓她見家父一面。大約是五月梅雨日子吧，女人的眼淚淫雨一樣的流。家母靜靜說，家父去很遠的地方回不來了，女人當下撕起胸襟——是她害了家父，是她的嫉妒的丈夫趁

1　老調查員的口語尾音「哪」，讀ㄋㄟ，顯然是受日據時期日語教育的餘留。

亂告發了家父。家父不是那種偷有丈夫的女人的男人，家母冷冷的應，隨後伊厲起臉色：是不是又是派來做假、調查的，隨手抄了桿竹帚。女人號哭著衝入夜暮的雨中。

老調查員和另外一位中年的筆記調查員喃咕著什麼。之後，正告我們，他們的職責是調查事件的真相，所有有關的線索哪必須緊緊扣住事件本身；他剛剛吩咐筆記者註明刪去家父密友那一段。我感謝調查員的用心。不過，關於家父的那位密友——老調查員打斷我的話，他請我追憶事件那幾天家父的行止。「——糖餿味，」我脫口說，只要跟著一種糖餿味便可知了家父的行蹤。事件第二天，來自上海的西洋糖果師傅不見人影，家父過花園町他租居處問過，也差人去他平常醉酒尋歡的新町找過。另個祖居安平的長工怠了工，一大早來即時就走，有時是日頭昏黃了才現身，家母唸他幾句，他大聲回說他現時是特攻隊員不是嘿平常的身分。草花街某大戶訂了數百斤喜糖，數日內必要交貨；家母央幫傭水嬸邀後巷幾個婦人來相幫，家父換上短打工裝，成天蟄在後落糖果作坊中。一種甜膩的酸漬味，穿過神壇祖宗牌位源源滲到中庭。那幾天我的主食是糖果，不見了炊肉粿熬薏仁粥燉香菇雞湯，我一連吃了幾斤西洋咖啡糖，至今我仍不愛東洋水果糖。偶爾家父出來中庭透氣，渾身上下散著那種酸漬味。水池烏龜不耐餓吃掉幾尾小金魚。

那位上海師傅從此失了蹤影。傳言事件當夜他死在新町，當時正趴在妓女身上，被人自後悶棍打死。家母曾讚師傅一雙好手藝，只可惜好色，賺的多投到新町。我懷念他妙手做的白脫糖，我童年僅有的幸福回憶是白脫咖啡的味道。我啜了一口珠露茶。「不可能哪是當夜，最快也要到清晨，」老調查員也啜了珠露，那個年代從北到南消息不會那麼快，人的動作反應也不可能那麼快。老調查員提示：是否有什麼特別的人哪來找過這位上海師傅，是否這位上海師傅說過什麼特別的話？我不記得上海師傅來過朋友，也未聽說他為何到這島上來。總歸是戰後移民潮中一個落單的人，某日站到家店門口，自介是糖果師傅。上海官話同閩南台灣話溝通糖果之道，恐怕家父也不了知他的背景由來。他說過一句特別的話，是衝著水嬸說的，意思是說他去新町做那事兒的時候想的是水嬸的臉。水嬸投訴家母；家父當月加給他工資，意思要他只管新町排洩去，不要擾了良家婦人。水嬸守寡，丈夫終戰後沒有回來。伊對這上海仔印象深刻，可能那是伊久寡一生中最有人性的一句話。

筆記員的筆呆了一會，似乎等待指示刪去最有人性那句話。老調查員關心：上海人這條線索牽連到家父後來的遭遇。上海人哪應該沒有在事件中死亡，因為那方面的死傷統計十分清楚，也確實做了善後撫慰的工作；另方面哪，一時衝動殺人的人，做不好有計畫的滅屍作業。老調查員在「滅屍作業」這四個字眼上怔了一會，斟酌著說，有無可能哪這個人是地下組織的人。我們一起想像：這個人哪是地下組織的人，潛伏在家父的糖果作坊中，一定程度的影響了家父乃至長工，事件發生他曝光、活動，長工乃至家父一定程度的追隨他，之後情勢逆轉，他又潛入地下，幾年後在大掃蕩中被捕死于獄中，或者他即時避回上海，幾年後做到新政權的人民委員。如是，家父運氣衰在不是組織的正式成員，急難時組織的力量當然顧不到他：他是衰尾到底的所謂外圍份子，是歷史事件中的泡沫。化身糖果師傅的人民委員臨終的瞬間會想起這個泡沫嗎？這個渾身糖果餿的泡沫跳出厝門，領頭衝入一幢維多利亞式建築，上海師傅押在屁股後。巴掌打翻茶水，文件印泥玻璃墊掃落茶水上，紅藍褐踐成一氣。有人察覺了什麼瞅著師傅喝問，「哪裏人？」上海官話將要噥出口的剎那，糖泡家父攏過師傅的肩，「——這是我結拜的。」結拜師傅押在屁股後，領頭家父衝入另幢維多利亞式建築，木棍石塊棒到砸到倉惶撤走的人的後腿……。夜深，家父亢昂地敲開厝門，「死到哪裏去工都趕不及啦，」家母劈頭怨，他即時轉入糖果間同時壓低聲腔說，「屎尿去。」

那位長工，於家父被捕當日黃昏復工。家母痛哭了整個下午，癱在椅背眩睡過去，如此哭了睡醒了哭，水嬸留下陪伊。其餘婦人讓長工率著，連三夜趕工。第四天近午長工自糖果間出來，押貨送去大戶人家的喜糖。而後家母得了心痨，長工轉成管家。長工原是嘴巴唯諾做事馬尾的人，復工後變得沉默，手上功夫卻有板有眼起來。管家近于冷肅，外頭的主顧抓得緊牢。事件後一年，他拓展生意成糖果蜜餞。事件後三年，他回歸安平老家，棄了家父糖果店號，專做自己的蜜餞。我曾兩度在競選宣傳車上看到他的背影，當車子經過老東家厝門時，他背過臉去拜託對街的父老兄弟姊妹們。水𤆬鐵定投他一票，感念他當年不知自什麼遠處趕回來完工大戶喜糖。家母出殯那日，他來告別家母，遞過來豐厚的奠儀禮數，鼻翼到唇角的紋路刀斫一樣的酷冷；他送家母直到南門外。那年春節年初三，我尋到安平蜜餞老舖，舖裏媳婦說人在魚塭邊屋，派了孫囝帶我過去。四坪半大水泥灰獨屋，屋內一床一桌一把籐椅，像苦修的禪房，只差地上散著瓶罐、多是紅標老米酒。我直接提起家父。他盤腿床上，望著屋門框著的塭水竹棚茅草雲天，淡暗的說，他記不清楚家父的模樣了，他只清楚記得家父那頂白氈帽。

市場空地上人頭鴉烏烏的，他擠到後尾。「……站起來……響應……打倒……」偌多拳頭，捏得緊緊的，半空中劃來劃去。「……打倒……打倒……打倒……」穿過拳頭與拳頭的間隙，防彿瞥見一頂白氈帽。「……站起來……站起來……站起來……」轟雷的掌聲，嘶和。劃來劃去的，拳頭。廣場外緣炸開來喊打聲，替晉入尾聲的集會圈上個圓滿的句點。拳頭向後湧去。原來是個路過的大陸人，正好讓拳頭洩在他穿唐山裝的背上，隨後改成腳踢，真踢成個豬仔樣在地上趴了，幾隻拳頭還一路追趕過去；其餘的嘩笑，攏成幾起箭簇，分幾路激迸出去。他隨著白氈帽帶頭那隊，半走帶跑的。有人塞過來什麼東西，他茫嗒地接著，——是一根老厝用的長條門閂。白氈帽衝入一間警察派出所，幾頂帶官徽的帽子隨後被摜到外，踐成土泥一般的濁。他愣在建築外側鳳凰樹蔭下，門條作枴杖柱在臀後。

「這應該是事件後第五日發生的事，」中年調查員筆記同時自語著。終於，白氈帽自內裏出來，矗在門階，手肘剛插上腰，陡地一聲暴喝，「注意！」雙肘唰地落下，兩腿碰直，「集合——」散亂的人群先是吃一驚，紛紛車轉頭來尋看，隨後機械地跑著小碎步，攏聚上去。他也不禁往前跑了兩三步，頓停——他凝瞪著帽頂，那雪似的眩亮，足足幾十秒，然後轉身離開。遠遠的，還聽到口令聲，「三列橫隊！」「立正——」「看齊——」嗓腔粗橫，撕裂了什麼地，噁。他拖著門條行過街簷，店鋪人家大多掩著門，門後幽遠的隻語人聲。一輛消防車掠過，三五個人隨後追趕，嘩哇哇的。那幾聲口令的餘韻，一直在他身邊晃漾，其中似乎有某種異樣的東西，——許久，他才會意過來：那口令，用的是昔時殖民國的語言。運河邊兵營圍著鐵絲刺拒馬，拒馬後半圓弧軍卡車，卸下的器械沙包橫在車間。穿過輪軸間隙，可以眺見：幾堆餘燼猶冒著煙，衛兵的綁腿在青煙中來回叉晃，每幾個來回，便摀下來一支刺刀，戳攪煙燼。餘暉斜在檳榔樹梢，從金澄轉成暗血。他聽到陣陣引擎聲，隨後看到十來人圍在義忠壇的門口，貨卡的車燈打在門栱，燈柱強光中，有個人嘔大嘴巴說話，佩劍紅皮帶，紅肩章，帽徽太陽紅，頸間圍著特攻隊的紅色領巾。「拿起武——」引擎聲遮過那人，只一片轟嘭嘭嘭。「武武武——」掙迸出，「武——器，武——器」轟嘭嘭嘭。「拿——起——武——器——」似乎一再反覆，「拿——起——武——器」轟嘭嘭嘭。轟嘭嘭嘭。幾件軍裝雜在光暈中，是終戰自南洋穿回來的吧，空氣中浮著箱櫃的木材香、樟腦丸的氣味，恍惚還聞到熱帶叢林的汗腥。在他左前有個人，食指中指頂著軍帽轉圈，往右三轉，再往左，——三轉，再回右，腳上木屐同時打著拍子；軍服有道破損的開縫，從肩胛裂到腋窩，隨著帽子的戲弄，一開一闔。

怎會知道家父被捕的，我問。他凝望著木門框著的塭鬱水竹棚架茅草尖烏雲天。媽祖宮已上燈，廟祝海仔伯還是一把籐椅，在石獅子旁噴菸；側對過厝簷下，川背金交椅上，也早已端坐著足火老嬸婆，手中危危捧著鴛鴦飯，一個孫囝在伊腳邊團團爬著，撿飯粒玩。廟內剛剛晚誦，拉長的「南無——南無——」讚音，柔柔穆穆，像韌帶，一波波裏近來，紮緊。「拖那門條作啥？」海伯搭訕。「——沒啥，」他失笑說，門條遺在石埕上。敲開家門，門在背後又緊閂上。「沒啥，」他搖頭，簡短應著妻的問詢。飯桌上，他俯臉悶聲扒飯，胡亂挾著菜餚，直到他咬到一口酸冽，才發覺，是芒果乾蒸了兩尾飛刀魚，同時聞到一股腥酸的香。「最後幾片了，夏天醃的，」妻微笑，「難得這麼閒，下午在灶間架上翻到的。」午後，伊蟄在厝庭，採池緣草花，小把小把漂上灶間水缸。夜飯後，伊搗花瓣，滴一小杓水，爐上慢火燜：半瓷碗剔黃的香液。這夜，伊抹上耳彎腋窩臍孔，問，「有聞到花香無？」「哦，」他蹙眉縮鼻，嗅鑽著這那，「——臭葫仔香。」「哼，」伊挺挺胸腰，端穆臉來，一字一頓地教，「是、桂、花、香。」汗臭濡蒸爛草花香的夜晚：骨盤相碰磨的悶聲；有人敲急響鑼噹嗆噹嗆吆過厝外，伊的細哼似那鑼音的尾韻，嗯嗯哼哼嗯嗯；銃鎗的射擊聲砰，砰砰，戳透這哼嗯，他恍惚聆到子彈咻聲嗅到鎗口煙硝味；骨盆漸漸帶起陣陣水濡噠沓，伊一味哦呵哦呵了；轟隆，軍卡車壓，一輛兩輛掠過，轟隆隆轟，塵灰撲濛裏，愈發濃冽著草花的異香——突地驚迸，伊陡激的嘶嗯。「聞到無，嗯？」隔夜伊說，「——是茉莉香。」再隔夜，「——是七里香。」他埋頭搗爛這七里花香，——自婚後，他初次專注到妻的肉體。

復工那日他才曉得家父被捕。那日晨起他巡了一趟魚塭，在彼時還是木板搭湊的小屋內坐到午後，午睡遲遲醒來突然想要回去上工，只記得到店門時已近黃昏。老調查員嗯哼了一聲。酒精性肝硬化前年他去了遠方，我替老調查員惋惜，不然今天可以請問這長工那上海師傅是否押在白氈帽的屁股後。家母說家父從未戴過什麼白氈帽。水嬸印象中只有吹死人鼓吹的才戴那種白氈帽。不過，不要緊，我們的鼓吹大隊長不是有句名言嗎：歷史是「死亡——再生」的過程，整個文明的成就死亡占了一半的功勞。我有個朋友是名片設計家，他期望我們的社會多一些鼓吹再生的大隊員，而非盡是一些錢關董事長或公關經理。筆記員的筆呆在半空中。姨家表妹剛送來訂婚禮盒，妻切了各色囍餅擺上茶几，我推薦烏豆沙給兩位調查員：純黑豆研熬，是老舖舊永瑞珍的名產。老調查員品嚐著純正烏豆沙的滋味，大口喝茶同時感嘆：那些事件中犧牲的人想也想不到今天我們的社會這麼進步哪、安定、又富足。

家父被捕是正午時分。清晨，有人打門，家父睡眼出去應門，是個老主顧，過去是西羅殿的船頭家，現在水仙宮市集開山海百珍本舖，開口嚷：海水倒灌啦情勢不好。每日天亮，他自西門腳散步到南門外小西天禮佛，驚見佛祖的面色一日比一日悲苦。只有在戰時米國飛機丟炸彈那段日子，他見過佛祖同樣悲苦的面色。別過佛祖，他走在蔭豉苦瓜色的天空下，感到街頭漫著蝦蚵蚧的燠腥味。家父笑說海水倒灌也淹不到自己身上，睡都睡在糖果山堆頂。船頭家細聲說，寺內師父眺見軍卡車出沒墓間小路。家父也疑，那小路通向鯤鯓海邊，是不是偷運糖果出海去。該避的趕緊避，老船頭家臨去時叮唸著，該避的趕緊避。黃花大肚貓被家父揪著脖子出糖果間，水嬸接過拎著頸子到灶間柴堆。柴堆隙洞是貓窩。黃花貓又竄向糖果間，被我在中庭截住，水嬸送個關雞的竹籠來。過九時，有位相幫的婦人遲遲未到。家母央水嬸前去探看，說是，昨晚夜深十二時外有人捶門，入去問明她兒子叫李成家，就大剌剌的帶走兒子。她憂心她的天壽兒子不知做了啥麼見不得人的事。家父沉吟了一會說，他曉得有個記者叫李成家，婦人的兒子是土水師李成家，莫非——。喵呼喵呼黃花貓叫聲不一樣。家母肯定是生了小貓，我飛快過去：多了三隻小黃花，大黃花正舔著其中一隻的胎衣，近乎全白只耳朵尾巴留點黃。莫非真是海水倒灌滂過溝啦，家父對家母說。我飛快到灶間，開食櫥倒了小魚乾捏在手心，飛快挨到貓籠，魚乾偷偷放籠內。家母託水嬸另外請個人。自東洋讀書回來的母舅一入門連珠砲的說他馬上要離開到外地轉幾天如果有人來問就說不知道人到哪裏去最好說是有半年以上沒有見到這個人想來根本就不認識這個人。家母笑問是啥事這麼要緊。原來是他感覺教書的學校不平靜，夜裏住學校宿舍不安心。隨後他轉入糖果間找家父說話，不到三分鐘，家父送他出來，鹹菜脯一樣的臉望了一會爛瓜一樣的天。

水嬸找了位人家的媳婦來，背上包巾揹個嬰仔，家母同她說明著這那。這時，有道地獄殿迸出來的聲音，這是水嬸後來的形容，由外喊入來，「沈福基在嘿——」「沈福基在嘿——」一個誰都不認識的人，喊著一個誰都陌生的名字，「沈福基在嘿——」甚至家母也忘了阻擋，讓他直喊進後落去。然後，我們看見家父小跑過中庭，陌生人隨後。家父小跑上樓梯，陌生人直出屋外。家父換了西褲，一面扣著上衫衣鈕小跑下樓梯，朝家母丟下一句，「我閃避一下，」小跑著消失在灰漬漬日光中。

「是真正哪純正的風味，」老調查員細品著老舖的伍仁禮餅，禁不住讚。他獨獨喜愛伍仁複雜不清的滋味，正如伍仁這兩個字眼，充分表露了我們漢文化的特色。我建議他有機會一試現代新餅舖丹比名店的魯肉餅，團團糾結的魯肉，幾乎吃掉豆沙蹦到餅皮外。奇怪的是，他們為什麼正午時分來。他們真的正午時候來了。家母至死說是七八人，水嬸記得有五個，四個軍裝拿槍一個便衣，家母咬定有兩個便衣，其中一個一直隱在門側陰影中。拿槍的從前落搜到後落，便衣的看住家母。我聽到貓咪的嗚聲，家母緊緊把我拉住。他們團團圍住家母，便衣的正要開口問話，同時，水嬸一聲驚呼，「——頭家！」大家齊齊翻臉看去，我矮下膝透過軍褲腿間：家父愣在門檻內一尺處。這是我看到家父的最後一眼，像不小心吞了龍眼核籽的大人。水嬸常說頭家古意憨到不知翻身就跑，跑入往天后宮的巷弄，那些外來的兵怎摸得清咱家飼的鳥腸，不然像有個俏後生直奔入天壇內腹，那些兵仔只敢在外庭走繞。隱在門側陰影那人，家母說，現出來擋住家父後路。家父被擁走的瞬間，氣急敗壞的嘶，「——褲袋無錢怎樣坐車——」

我永遠難忘貓籠被踢落水池，淹死大小黃花貓的景況。水嬸怨嘆她驚喚頭家的那一呼，是她平生最破相的一件事。家母到晚年還不甘心就只那麼一次家父大聲呵責她。我請妻換珠露，新沏來高山茶。聽說如今高山拚過凍頂烏龍，老調查員同感說海拔高低山氣不同。筆記調查員說他新近喝到對岸的普洱，那種「臭普」的滋味不是任何一種本島茶可以相比的。家母怕傭人出入走動褲袋掉了錢；老水嬸曾偷偷告訴我，當年家母習慣掏光家父的褲袋，怕家父在外頭養女人。中年調查員奇說，不會就近找個熟人借錢嗎。老調查員不以為然，那種時機哪誰會借錢給你，何況據他自己經驗，他習慣向老妻伸手拿錢。一星期後母舅浪遊回來，直跳腳恨自己害苦了家父。那日他曾向家父暗示，將到沙鹿一帶海岸看看，必要時雇艘漁船離島，家父受了暗示直直奔向火車站，不然大可出北門往玉井山區去。鄰人漱竹居[2]的老先生另有高見。玉井三十年前是兇殺之地，多少英雄好漢葬身在那山區，還牽連到當地的老幼婦孺，被逼入山林內招降自己的父兄。家父挑這個吃緊的時機去，一來當地人不敢接受，二來人家也會特別注意這個曾經叛反的地區。漱竹先生頻頻搖頭，像家父那樣世故的人，不可能為了幾個錢讓自己落到窘境。他從半掩的門瞥見，家父猶豫了至少三個來回，才毅然舉步踏入自家門口——。某日，一位同樣自中洲來做生意的堂叔，帶了三百五十元來還家母，三百元是借款五十元利息。他說家父一向在各處放錢生息，最可能是順道到遠處收利錢去了，他聽說在故鄉中洲，家父就放了七、八千元。入冬後有個清晨，老船頭家來與家母沉默對坐一個上午，只說當日他就預感家父有難，家父的眉際隱隱泛著同佛祖面色一般悲苦的色澤。令他老傷神的是，他曾向佛祖請示家父的去向與歸期，佛祖了無感應。

幾回，家母請來尪姨在祖堂前觀落陰。尪姨斜起臂肘隔開陰陽；緊緊貼著尪姨腋下凝視，久久，水池那邊仍然只有假石籐枝蔓葉、一口家父冬夜尿用的紫黑罈子。為著生計，家母開了童玩文具店兼賣糖果，坐在店內側陰闇中，面對逐日矞麗起來的車龍人陣。他們在某個獄場槍斃了家父；可是沒有判決書，沒有死刑執行通告，沒有收屍。家母巴巴的去見某律師夫人，只為傾洩心中的苦。律師先生被公開斃在石像廣場還算幸運

2 漱竹居，在今民權路，是紙業和製本的老店。

的，——中年調查員插話說：聽說槍殺前還有吹喇叭遊街，——自己丈夫不知死在何處。沒有親眼見屍就有希望，律師夫人安慰家母，像律師同年的兩位好友當時也失了蹤影，後來一位回來說是相偕避到阿里山腰，另一位死于水土不服兼又驚惶。老調查員自己招認，他當時徘徊在清水、大甲一帶濱海小鎮，某日在清水街上散步時，還驚喜碰見從大稻埕遠來散步的某位名人。母舅要家母死了等待的心。一個人被摃入水泥桶退潮時順流而下出海口，一群人被軍卡車載入深山幾個小時後空車出來，你被押入某個神祕機構不知何時消失其中任何名單上不會有你的名字：這是母舅不知從哪裏聽來、讀來的經驗。家母要我陪著上東嶽帝廟，在後殿，我親眼見到，感到家父顯靈童乩身上，慭顫著肩胛叮嚀家母不要傷心傷身，要顧好家庭子孫，伊當下慟哭。十六歲那年，家母領著我到警局派出所，替家父申報失蹤戶口。管區警員不耐煩的說早就列入死亡啦還申報個碗鍋啥。家母哀求一定幫忙找找看，警員答應幫忙，不過，「全台灣找透透找到火燒島也不會找到這個人。」我不願再跟去東嶽殿，我怕見那中年童乩陡然顫起赤肉腰支的模樣，家母責我不孝子，她要我去給家父看看我年年長大長高的樣子。黃昏，尪姨來的時候，我躲到樓上去。

四姑婆探望她瘋兒子回來，悄悄向家母提起，有個長得像家父的人關在一排有鐵柵的房間內。那年深秋，我初次出遠門，隨家母繞過南半島到後山花蓮。療養院辦事員查了名冊肯定沒有家父的名字，家母凝瞪著院內晃來晃去的灰藍衫褲的人影。那晚，我們睡在小客棧，清楚傳來海濤的拍擊聲，我低聲說這是我第一次聽見海的聲音，家母暗默著眼臉。隔日早起搭車再到療養院，家母再三形容家父的聲貌，辦事員再三說沒有、沒有這個人。有位主管決定讓我們看看忠三號。我們穿越許多灰的眼瞳，「從來不曉得他的名字，剛來時床位是忠三號，以後就叫他忠三，」漫天壓下來老榕的森鬱，纏厮的根鬚網著一排褐泥色房子。辦事員吩咐我們離鐵柵兩個臂肘的遠，手電筒的光射向柵內同時粗聲喚著忠三、忠三。源源滲過來霉濕味混著屎尿溲。靠內壁痿著一個人模，光柱打在他中禿的頭顱上，趴著、動著幾隻什麼，咖啡糖果的顏色——蝨蝨蝨子！命定癱臭在那壁角，被大群蝨子咬，到死……他是不讓人碰的，蝨子也不給碰……蝨子是寶貝，他的親姆媽，慣常喃喃著，「阿——母，阿——母，母母母母母……」還有個老把戲，初見生疏的人便捉開褲襠，要人瞧，連屌上也趴著蝨子，他僵挺著中指，刮搔、刮搔，「母母母母母……」

家母從此消沉。廣慈庵的尼師來化緣錢，順便為家母說了幾回心經。水嬸幾度邀家母加入慎德堂的誦經班，家母只去了一次。昔日糖果作坊已成廢墟，是蛀蟲蜘蛛鼠子的天地，家母禁止入內，後落只准至前廳祖堂。我親眼見過兩隻金透黑斑大蜈蚣爬在供桌下，我沒有告訴家母，我想像那內裏、蜈蚣的來處如今是怎樣的世界，但也止于想像。高二那年，歷史教師來自南京，痛述大屠殺的慘狀，落力講入種種殺人的細節，我聽得手腳冰冷，我不知道家父挨的是怎樣的殺戮。也是這位歷史教師，提及發生在我們本土的這個「事件」，他的總結評語是「小巫見大巫嘛根本不值得小題大作」，他要我們永遠記取民族的大仇恨，不要斤斤計較自己人的小摩擦。常常，我騎著鐵馬衝向鯤鯓，坐在美軍海水浴場碉堡上，在火紅、恬靜的落日中，我幾乎遺忘了家父。

某日午後，有個穿卡其色中山裝的男人閃入家店門，神祕的自介說他來自某個祕密單位，新近得到有關家父的消息，要家母前去認人。家母猶疑著。「沈——福——基，」對方清楚地咬出這三個字，「沈——福——基。」他要家母帶著金飾存款方便打點，還好心幫家母關上店門。在昔時夢蝶園[3]的後院，他搶劫、強暴了家母，完事後隨手抓過一桿樹枝叉，把她的下體插的血爛。中年調查員的腿大大抖了一下，老調查員鎖眉、俯下眼簾。隔日清晨，掃地的老尼發現家母。這事報紙新聞做得大，家母相片上了報，標題是「變態採花賊專向中年婦人下手」。家母失血奄奄一息。有篇特稿分析芳心空虛的中年婦人最易蹈入陷阱，呼籲所有婦人自加檢點、不要搔首弄姿招蜂引蝶。怪異的是，半年後，媒人開始上門，對象從長樂街的老中醫到石精臼賣鹹米苔目的阿伯。我高中畢業離家前那段日子，常見家母跟米街有名的媒婆坐在店門口說笑，那媒婆正面三顆金牙中夾著一顆暴牙。我出入經過，家母會止住笑聲語音。

老調查員保證調查沈福基這個人。中年調查員尿尿去，回來說他從廁間窗口望見後落應該不是當年建築。我解釋，現在前落開的是現代雜貨店，後落整修作雜貨儲藏間，不過神壇供桌祖宗牌位還是原樣。老調查員斟酌著語句說，他十二萬分哪痛惜家母遭遇的不幸，但他要強調一點的是，他絕不以為「強暴」跟今天談論的嚴肅的「事件」有絲毫關聯，他保證哪調查沈福基這個人，在他巡迴全島查訪的過程中，他發現，存在有某一種人，他姑且稱作「瘡嘴仔仙」，拿苦難哪標在臉上，臭瘡了的芭樂樣的一張臉，時時刻刻要人瞧那苦難，似乎，他苦難後的餘生全為這爛瘡而活，——實在哪他並未脫離苦難。他熟識一位瘡嘴仔仙：兒子哪不時搗蛋，他們拿他禁在閉房，只給鹽巴拌飯吃。

3 夢蝶園，明鄭參軍李茂春所築庭園，入清後改為寺，即今法華寺。小說中，不直寫法華，是一種對土地的人文滄桑之感。石精臼，米街，草花街這些地名，仍活生生在祖父母輩的日常口語中。小西天，即今竹溪寺。

鹽巴積在胃內渴望水，他們不給水。血管要被鹽粒堵住啦，他喝起廁坑洞中的腐水。肚子腫得八個月孕婦大，針紮入他的頰巴包管哪洩出一茶壺鹽漬來：這是他們挾他出禁房時的模樣，也是兩天後兒子被抬出監時的模樣。瘡嘴本身是永遠不能說話的了，不過做老爸的哪即時變成另一隻瘡嘴：——五六回後，飯粒不見啦，他們每天只給兒子一碗鹽水溲。過十回後，那廁洞中的腐水，不單純是滲自壁隙的水漬、加上他兒子拉的，最可能是他們故意把全獄內的尿屎濊倒灌入他的坑內。五六個月後一年後，這些都是謊言囉，那臉上的腫哪一定是他們的官字號大巴掌狠狠摑出來的，同時內傷瘀膿膿成那孕婦樣慘的大肚。他碰巧哪，在這做老爸的剛變成瘡嘴仔仙的時候，聽過這瘡嘴初初說出的話。說不定碰巧哪，你是在多年後聽到這位瘡嘴仔仙：——夭壽死喔他們拿他電擊百次千次，像嘿新式屠宰廠電豬仔一般，不，比電豬仔趣味百倍千倍，電人試驗似的，他們綁住他從腳掌逐次電到頭皮——浮腫算個啥哪，眼珠子沒爆出來嚇你還算是萬幸的呢。

中年調查員替瘡嘴先生惋惜。因為瘡嘴先生原本可以這樣的，他見過這樣的人，這個人就是東菜市的肉攤王仔，成天宰雞鴨鵝啥麼的還不夠，有一天清晨屠刀宰了他的姘婦、姘婦新交的姘頭，比瘡嘴先生惡十倍百倍。仙料不到，苦難將這人從倔頑牽向謙卑，肉攤王仔即時盤起兩條腿來——請注意這天賜的契機：盤起兩條腿！——他轉向生命最根本的問題，在這最根本的問題上用盡力氣，全忘了啥麼苦啦難的。人看不出這東菜市的肉攤王仔，就在苦難中坐成一尊佛仔，即使多年後出了監籠，他堅持盤腿直到入了壽棺。你們在他身上見不到任何一口瘡嘴，這是真正的出脫苦難之道，火化後聽說還有舍利子舍利花。瘡嘴先生應該慚愧，像肉攤王仔這樣的典型才值得留傳千古。可惜子孫不肖竟不識得啥麼子呀花啦的，聽說全被掃到三角窯邊的垃圾場，有人專到那裏運垃圾回去加工做肥粉……中年調查員望著他身旁螃蟹蘭的胖爪，陰陰地笑。

我感謝兩位調查員的指教。遺憾事件發生那年我僅十歲，十歲孩童的眼睛看得不夠真切。更遺憾兩位來訪時，我已是五十幾多歲，記憶褪色了，回敘起來容易變形。事件後二十三年，家母死于子宮頸癌。在臨終的病榻上，家母告訴我一個她終生的祕密：家父被捕後第一百五十六天，他們送來一張家父被斃在泥上的死相，強她拿著左鄰右舍挨家挨戶示給人看，——她爪嚙相片掐成子彈一樣吞入肚內。我在家母臨終的癌痛中感受到，她正享受著那種穿嚙的痛苦，在穿嚙嚙嚙中她體貼同時濡入穿刺刺刺中的丈夫，汗水血水不斷滲出青年丈夫的肌膚是多麼秀美……她一定不要嗎啡止痛，燒炙的甘苦中，她在我肘肉留下斑斑爪嚙的痕。

老調查員起身告辭。中年調查員闔起筆記，囁嚅說：有關那張死相照片似乎是運河尾某造船世家的大兒子的故事。我微笑說我知道，那位先生受刑前還逐日畫下他妻腹中兒子或女兒一分一寸成長的模樣。老調查員保證，今天調查的資料哪只供本調查小組參考，絕不供作其他用途。妻包好剩下幾塊伍仁餅，送給兩位用作等路。多謝接受查訪，兩位調查員說。我說，多謝辛苦查訪。窗旁八哥也說，「多謝、多謝。」

——一九九三年

逃兵二哥

I

我讀大一那年，二哥開始他的逃兵生涯。在他入伍四個月後，春節放假，他沒有回去。某日清晨，獵人來按門鈴，他只穿內褲出去應門，開了門縫的同時獵人撞破門，他回身就跑，想從樓上的窗口跳到隔鄰的石綿瓦，剛踏上樓梯半階，獵人攫到他的腿，其中一個用掌刀狠狠劈下去，他當下仆倒在梯階，獵人撲上去跨住他的頭。

這初次的逃兵生涯，歷時三十五天又九個小時。這個紀錄，雖不頂光彩但也不輸人了，多的是挨不到三、五天，就被無聲無息的獵人撲倒。二哥不服氣，若不是當時體貼新婚懷孕的二嫂，他不會頭腦壞到自己去應門，可以想見獵人剛到樓梯口，他早已飛過連綿的屋瓦跳到大路上。說這些話的二哥，走在軍營內通廁與通廁間的小徑上，那時他剛自軍監回役，母親要我這個家中唯一的大學生去開導他。他領著我見識通廁，一幢又一幢，他說著話，幾乎沒有我插嘴的餘隙。

幾年後，我在新兵訓練中心品味了通廁的滋味。為了不讓自己飽讀詩書的眼睛撞見廁溝通道中的屎堆，我習慣在蹲下前先剝下眼鏡，放入褲袋。有回，就在蹲下時，眼鏡掉落廁溝，歇在不知誰的黃褐的糞窩上。我猶豫了有數十秒之久，注視著眼鏡：它底下的糞窩在水流中慢慢蝕毀，而新的糞團不斷攏聚上來，圍成糞的鏡巢。我不知該放棄被污穢了的眼鏡，還是保住能看得清楚的眼睛——忽地我趴下眼瞼，延手撈起眼鏡，同時這廁溝坑了我某種類乎尊嚴那樣的東西。

2

我撈起屎鏡的這時，二哥正在第三次的逃兵中。在通廁間的小徑上，二哥說他正等待一個逃兵的理由。是理由，不是機會，機會多的是，理由好對自己和別人交代。他很快找到理由，距他初回役不過一個半月；午休後點名他賴在舖上，值星班長尋到踢了舖板一腳，他躍起身一拳撂倒對方。母親諒解這樣的理由，要是那一腳踢中二哥的要害，那她不是白養了這個兒了嗎。在稅捐處當稽查的大哥不以為然，他說逃兵比如逃稅，都是一種食髓知味的劣根性在作祟。我當時不知贊成或反對，但後來入了軍隊也有一拳撂倒人的衝動。

我分發到山腳下部隊後幾天，晚點名時，連隊長宣佈緊急通知：今晚高雄發生暴亂事件，暴亂持續擴展中，部隊必要加緊戒備，防範——。寒夜山氣中，感覺不到暴亂的熱。而後幾個月，我們身在事件的熱潮，電視教學再教學，小組討論又討論，專科畢業的小政戰指名我作總結，我說了事出有因，查無實據那類話。小政戰駁斥我讀死書不用腦筋，因為人人看得出證據是那樣的雀巢，他把確鑿唸成雀巢，是那麼樣雀巢的證據。不過他贊同我寬大為懷的看法，做錯事的孩子，父母打他幾下屁股也就算啦，何況是我們一向行仁政的政府，小政戰大膽預測頂多判個三到五年，最有可能是六個月緩刑二年。判決後的政戰日，我發言說這真是個屁都不通的政府，硬是把塞子塞到人家的屁孔去——拖出去！小政戰大吼著拖出去，拖出去，隨後消毒：剛剛那是一個思想有問題的人講的思想有問題的話。

二哥第二次逃兵生涯，挨不到二十天。獵人跟蹤嬰兒車，在公園的小小動物園柵欄旁，逮到了等待中的年輕爸爸。我寫了至少二十封信給第二次坐監中的二哥，他只回我一信，說他敗在太顧妻兒，有一天他要像狼一樣的橫行，他用橫行這樣的字眼，要像鷹隻一樣的狠飛。第二次回役，他只呆了四天，鷹一樣的飛過營區的矮牆，當我被固在某個山腳下，成為思想列管兵時，二哥不知橫行在何方。

3

後來幾年，往往長時間斷了二哥的訊息。我們已經習慣，家族聚會時我們不提這個人。我相信二嫂曉得他身在何處，我們不問，問了二嫂也不會明白的說。

有個深夜，二哥「長征」到我家，身邊跟著一個老鏢和個少女。老鏢有三四十歲了吧，新婚的妻悄悄貼我耳朵說：來了城隍廟的七爺。我定眼一看，——二哥倒真像八爺了。當夜，哈過妻臨時弄的魚粥小菜、兩瓶紹興，八爺少女七爺擠到四榻大房間。我們都疑問他們怎麼睡，妻背過身去悶著。我想像八爺的壯蠻對少女的小嬌，久久不能入眠。

……成為列管份子後，先被免除衛兵勤務。腦袋邪門的，他們不敢讓他拿槍，很可能他私自把槍拿到外頭去賣，或者擁著槍作啥麼生意去。軍法公報上不是告訴我們嗎，有個邪了腦瓜的，半夜挺著自動步槍對著通舖上的戰友，掃射——。我高興可以夜夜一覺到天亮。衛兵在零度的山氣中站哨，把著彈篋的掌心長了他鳥蛋一樣的凍瘡。為了撫慰兵們的鳥氣，少校連長蔣志鴻訓話各位，「——不讓他拿槍，就是要叫他當不成軍人，不能履行軍人的神聖使命：軍人不像軍人，甚至可以說是不像人——」既然不像軍人，只能分派不像軍人的工作，時常是廁所或菜圃的臨時幫工。廁所管理員是個也被列管的社會流氓兵，他的工作是廁所的第一手檢查員，檢查臨時工我的掃廁工作成果，等待上級值星的第二手檢查員不定時來檢查他這個第一手檢查員的檢查成果。抽水馬桶高踞第一間廁所，門板上紅漆標明四個大字「軍官專用」，——流氓兵的屁股也專用軍官專用的，我則掃了幾百次廁一次也不敢專用軍官屁股的，——水力弱，定時抽水常變成不定時沖水，糞團團的積在後三間兵們的屁股下。兵仔喜歡下在野戰茅坑，也因此，造就了我的另一份工作：晨曦暮色兩次，顫危危，挑水肥菜圃去。那陣子，我最大志願成為菜圃管理兵，看他手握著塑膠管在陽光下噴灑開七彩水珠，晶瑩透地的那種感覺，我覺得那真是可以安身立命的工作。但那是不可能的，即使廁所管理兵也不可能：思想列管份子不能有固定的工作，固定了安定了，他便有剩餘的精力，不知再要生出怎樣異端的思想？同時，思想列管份子不能獨自擔當一個工作，他必須時時在同伴的監看下——為什麼抽水馬桶老是壞（斷）了螺絲釘（線）？小心有人在水肥中下藥，長出畸種包心菜。如是，上級體貼，不讓剩餘危險的精力，我身兼三種臨時工：不定時廁所打掃工，早晚兩回菜圃水肥工，另加一次午後豬圈清潔工，以廁所為中心點，豬圈菜圃茅坑剛好在等邊三角形的邊陲地帶，我不定時窩在行政廁所中心，定時出差到邊疆去，沿途看晨昏光影中的山脊稜線、聽林鳥長啾——彎腰駝背豬餿人臭不亦樂乎是真不像軍人。不過，不定時有什麼東西殺出來擋住路，不必定眼看也知道是我們的政戰長官，先厲聲要你立正站好軍人要有軍人的模樣不要死老百姓，隨後臨時檢查衣褲口袋。這臨檢，重點在查緝任何可能的文件書摘或紙條，上面書寫著任何可能的反政府宣言或顛覆國家的陰謀計畫。平時，查到兩個口袋也就算了，政戰風緊的時候，夏天六個、冬天九個口袋一個不漏，東西扒出來瞄過即就摜到地，要你趴著撿，雷厲得很那個的樣子。我曾經絕食反抗過這種雷厲。我避開思想，將矛頭對準不涉思想的「饅頭或豆腐塊」這個日常生活習題。軍中規定棉被標準豆腐，晨起第一要事捏豆腐捏捏出你的耐力忍受紀律，而我的手工棉被天天評定是饅頭，午睡時間必出饅頭操，頭頂棉被在庫房前側長坡來回跑步五分鐘一個來回否則多加一個來回。我午飯不吃，饅頭操不到，躲到後山空庫房，在庫房與庫房間亂步，晚飯不吃飯後溜回去，即被押到政戰房。「思想又開始偏激了是不是？」政戰第一句話。我堅持只是饅頭或豆腐塊的問題。「思想若是沒有問題饅頭或豆腐塊怎會成為問題？」我認定我的是手工豆腐塊不會是機器饅頭：思想若是沒有問題豆腐塊就不會看作饅頭就不成問題。「小心你的思想，」小政戰烏著臉，「絕食是如假包換的思想問題。」隔早，指揮部政戰主任來視察營區，召我前去例行談話，「絕食是道地的思想問題。」他再三肯定：絕食是道道地地的，也可說是如假包換的思想問題……聽說你有絕食的意願，希望好自為之不要真的著手進行絕食，軍隊不比社會，對這種思想問題我們絕不妥協，之所以你可以放棄這種無謂的抗爭，把你寶貴的精力奉獻給軍隊國家。我頗同感的回說我也急、於、想、把我出生以來的精力奉獻給軍隊同國家可、惜、哪他們天天要我精力浪費在豬圈。「啊哈」，主任恍然悟到，「原來抗爭的是這個——」這個嘛，是屬低層次的思想問題，不過養豬到底為了養人，就不能說是浪費，你這種頹廢的思想觀念必須校正過來，如同一顆螺絲釘養豬兵，沒有這顆兵整個軍隊這部大機器就轉不開囉啦更甭說國家。我很欣慰：養豬如同養人那不就等於扶養了軍人乃至整個軍隊國家了嗎！我趁機提出我的志願：我志願成為一名正式的養豬工兵。「——工兵養豬？」主任沉吟了兩秒半的久——，「我們可以慎重考慮你的志願，——只要思想沒有問題。」「豬圈是改造思想的好地方，」我更進一言。主任大為嘆賞：「豬圈是改造思想的好地方。」這是蠻棒的政戰術語。我低下聲腔，「大太陽底下出饅頭操是極不人道的事。」主任為難了，「軍人嘛不單純是人，也因此不合人道的不一定就不合軍人的道，」不過，「饅頭操大太陽合不合軍人的道」倒是值得討論的思想問題。大政戰慧眼獨具的看出，我認同豆腐塊這個事實，即可說是認同了我們這個大有為的體制，充其量是屬一種「體制內的抗爭」，顯然思想上我還有改造的希望。主任要我留下，與營部大老一起中飯。我暫代勤務，替大官桌把菜上好、飯一一添好，筷子恭敬的擺好，這中間主任殷殷的教誨，「你的存在肯定在軍隊中是有存在的價值的，提供一個反面教材，給我們思考反省的機會，希望你把見到的、以及所思所聞到的，報告上來給我們參考知道——」當日中午，不見了饅頭操。小政戰被召去營部，回來鐵著臉宣佈：今後以「饅頭交互蹲跳」代替饅頭跑步。而，我的饅頭開始被評定是豆腐塊，——畢竟，只要抓穩思想，「饅頭或豆腐塊」的問題是不成問題的。小政戰特許我在政治日不發言，小組討論時，我是唯一不享受同時不負擔「人人必須發言這個權利同時也是義務」的兵。上級鼓勵我多吃飯，壯大起來我這絲毫不像軍人體魄的、「畸型知識份子」的病體……

我翻轉到魚肚白時才入睡。午飯，妻煎了虱目魚肚片、蔭豉蒸虱目魚背脊、薑絲虱目魚頭湯，笑說二哥一定懷念故鄉的滋味。這回，二哥「短駐」了兩夜三天，臨別只說往南繼續長征去，說不定會到南沙島。我送路費兩千，妻從後院摘了兩袋芭樂用作等路。這回，妻同我悶了一個星期多，伊說伊實在無法忍受全無肉味的人，伊發誓再也不做飯給七爺吃，不過伊真心佩服八爺的厲害，半夜能不弄出一絲聲響。

4

二哥第三次被捕，在離二嫂娘家不遠處的一間小戲院。國產功夫與西洋豔情兩片同映的小戲院，即使冬日午後也有許多觀賞的男人，當豔情演完燈光全亮的瞬間，二哥的左右、前排後排都坐著冷冷笑著的獵人。母親感嘆二哥念念不忘妻兒，是大丈夫也難免兒女情長。大哥分析這是逃亡者的慣性，躲在色情的暗窟中：獵捕者當然熟知逃亡者的慣性。

第三次逃兵撐了將近六年。軍法官仁慈，只判了三年半。二哥在軍法庭上說，這幾年他四處流浪打工，為了撫養寄養娘家的妻兒，他剛自東海岸一個叫靜浦的濱海小村回來，拿錢給妻子後累倒在戲院的座位上。二嫂證實他的說詞。我代母親挑起到軍監面會二哥的責任，在多次的面會中二哥斷續說到，他在靜浦海灘駐紮了幾天，某日晨起望著海，突然想念安平的蚵仔煎，他即刻出發回來，吃過蚵仔煎蚵仔湯後，只剩一張戲票的錢。到靜浦前，他在河谷的岩壁下駐了整個夏天，幾乎不用一毛錢。他是累得昏睡過去，不然獵人的氣味逃不過他訓練多年的鼻子，不過真正專業的獵人是走到你鼻前你也察覺不出的同你我一模一樣的人。他懷念那香豔激情的影片，他出獄後第一件事好好去那家戲院看它個夠。流浪生活過久了也會倦，他們請他在這比軍營更像軍營的地方休息生養一陣子也不壞。談談你做兵的生活吧，二哥難得笑了，你這個秀才兵。

我禁不住內心的蠢動，顫著手觸摸前座女人的髮頸，在回兵營的客運車上，一個假日的午後。梳得齊整的髮髻，垂下來幾綴髮絲，掩了潤白的後頸。我凝視頸肉的白、其間不時貼入陽光陰影，直到指尖捏住髮梢，顫了幾顫，放手、又捏住，順髮絲而上，——觸著頸肉的瞬間，女人斜過臉來，同時感到指尖的黏澾——我開始把所見以及所思所聞到的，報告上去給國家參考知道。報告是以私函的方式，寄給指揮部政戰處一位業務士。營內作戰官性嗜色情錄影帶，時常帶了兩名跟屁兵，鎖在會客室從深夜戰到破曉，白天來面會的客人時常聞到屁股底下發著隔夜的腥騷味。半個月後，來了位軍隊監察官，會客室闢作臨時偵訊室，幾多人次進去獨參後，監察官吩咐營門衛兵今後職兼電視機看守，九時一過嚴禁開機任何人不可靠近。一週後，作戰官改調訓練官。我稍稍浮起左肘，右指潛過左腋，朝鄰座假寐中的少婦的奶尖戳了一下，倏地退回：鵝黃T恤的奶尖，有教堂庭院梔子花蕊的那種寧靜暖馨。夜暗車上，我的手索向身傍女生，在腿側逡巡了許久，——趴上，女生不動聲色，掌心先是貼著腿肌一動不動，之後濡吮起來。車子進站後，女生走在前頭，是往城市通學的高中女生，突然頓住，回過身來俯著眼臉說：我喜歡你的軍服，為什麼你要這樣？營內一直暗藏著流動賭局。有時在夜深後的廚房灶邊，白天在二級修護廠的零件材料間，幾度遊走在後山空庫房，一度移到營外側柑橘園養雞場。設局的兵老大興來便在晚點名後潛出營外，早有計程車等著，到鎮上酒、炮到天亮，趕回來早點名。專長情報佈建的小政戰不可能不知曉這些，不過時非戰時，又不關思想。我私函細繪了賭局流線圖，同時直指小政戰是「那隻看不見的黑手」為了抽頭。一個月內，小政戰在二級廠初次破獲賭局，兩天後在豬舍一角破獲另個賭局。連長慰勉政戰，並訓誡大家，「軍人不是不能賭，軍人的職責就是把性命賭給國家，當國家需要我們的時候——」隨後小政戰陰著臉，「我不怕你們中間誰是細胞，」狠起來，「㑚你的狗狼養的才搞這種細胞爛的事！」我手拐頂向婦人的豐乳，伊查覺了，僵起臂肘夾緊腋窩。手拐左凸右突，不得不伊拿皮包護在腋下，拐頭一緊一鬆，感受皮包貼著乳坡一凹一膨。襠凸抵著一個農婦的瘦臀，隨著車子顛、晃，煞車時乘勢撞擊臀股，衝力大到令她足跟離地，農婦回頭來看：儼然一襲綠色軍制服。蔣老連長肉疼他的小兒子，常時帶到營內同吃同睡，我們尊稱小連長，背後喚作小連仔鬼，——不知是誰負擔小連長的口糧。營部大政戰的愛嬌妻，下鄉來探班，關在政戰房內兩夜三天不見動靜，胭脂色的褻衣褲遠遠晾在後窗陽光下，——趴在庫頂做工的兵們打鑽都會打錯了地方。總是默黑著臉的營長，迷上前來勞軍晚會的女主持，當他嚴著綠帽黑臉步入女人開的冰果室時，鎮上的小伙子齊齊挺直腰桿行他注目禮：座車終於停在野外林間，駕駛兵下車把風戒備。「打靶不如打炮」：訓練官的名言，所以整年來未打過靶，他的上呈報表上明確列了打靶的日期，子彈照樣報繳報廢。週四政治日是工休日，每個兵輪流搬了一番堂皇的話後，胡扯或閉目養神。有回電視教學，螢幕上騷亂著紮頭巾的暴民，有個兵衝口喊，「——拉出去槍斃這些人——」小政戰馬上站到螢幕邊緣，「我們不必浪費國家的子彈，國家的子彈是準備來對付萬惡不赦的那些人，像各位現在看到的這些人，我們想辦法思想改造他，將來各位回到社會後——」我私函上參：祖宗孫子不是說過嗎對敵人仁慈就是對自己殘酷，如此的政戰只會搞垮我們的戰力，哪待我們回到社會後——何況他又鼓勵我們三五結群去精割包皮，不管戰不戰備，這不就是居心叵測嗎……

二哥笑說，他在部隊待的時間不夠長到去精割包皮。有半年之久，他在高速公路交流道附近擔任流動賭局的運輸兵。他除了「報告完畢」四個字外，不記得在軍隊中說過什麼話。他曾長征到屏東內山達來、阿禮一帶部落，結識一位排灣青年，他們彼此投緣、因為交談中每句話他們都要掛上尾巴「報告完畢」。他計畫回到部隊後馬上開設賭局，利潤四成固定用來打點場外，風緊時他可以出到六成、甚至七成，這樣就哪怕它什麼炮戰也轟不到他的場子何況政戰。我說母親懇求他好壞挨過剩下的役期，他回說賭局若是開得順利，剩下的二年半就不是問題，臨時想抽腳也不忍心丟下那些場子兄弟。他曾在南方澳碼頭跟人對賭海面的浮油至少可以浮起一個八十公斤體重的人，結果他贏了一頓海鮮小吃。母親希望他至少看在日漸長大成人的兒子份上。「我哼是軍團祕密派出的隙仔，」突然二哥扭尖聲腔，他是隸屬軍團的祕密細胞，他此刻正在祕密受訓，他的作用是長期考查同時監視那些追捕他的獵人，是不是不時窩在冰果室跟小妞打情罵俏，是不是午飯後就溜到小戲院睡午覺。他是碰巧遇到睡午覺的獵人而被捕的，午覺中的獵人習慣坐成陷阱的形式。

我一直掛慮著二哥的賭局：酒、賭雖不禁，但賭局真能抵擋得住政戰的威力嗎？某日黃昏，自工廠剛下工的二嫂憂心的上門來尋問，半年前，伊在軍監面會二哥，當時離獄期滿只八天，隨後便失了人影消息。我們安慰伊，可能分發到偏遠的國防要地，不方便回家。二嫂說從來不會這樣。二等兵二哥的假日雖然短暫，是他們夫妻多年來唯一可以好好相聚的時日：伊新買了彩色電視，木床也換成了彈簧床。我答應為伊走尋二哥。

我相信二哥正在逃亡中，除非，分發到月球。

5

我尋問了四個二哥結拜的兄弟。有個擋在門口直說久未見到，門都不讓踏入一步的。有個拉進去扯了一個鐘頭零五分鐘他們當年的英雄氣慨。有個說是二哥看不起他這位兄弟，多年沒去看過他。還一個勸我不必再如此麻煩，因為結拜是民國前的事了。

每週一，我登一則尋人啟事：「二哥見報速聯絡」，加上我的名字共九個字。料想，他無聊時看報總會看到。——某個深夜，近一點，來了通電話，「……想找你二哥請來台北打這個電話……」一種很特別的女嗓，奇怪的低，把電話號碼重複了一遍即掛斷，那嗓音久久不去，像陳年紹興的，醇。妻肯定是迷魂陣，仙人跳一類的。我說我是窮教書的，又是標準丈夫一個跳我什麼，再說誰憑空曉得我的電話。誰曉得哼是哪個舊日情人臨時想到往日情懷？妻醋嘍：可別亂搞人家她們都是有丈夫的。搞到天亮，出了一肚子醋酸，妻才慰慰貼貼的說，「人家知道你是為二哥，小心就是。」

像偵探影片中的情節，我按電話指示，尋到一家馬殺雞理容院，找二十二號小姐。「這裏沒有二十二號，我們只有十八位小姐。」黑暗中，一種很醇的嗓音，「我是二號。」午夜，出了黑洞，才瞧清楚：乳白鮮的西服套裝綳在寬大的骨架上，高顴，眼窩特別深烏。「叫我二姊好了。」過街時，二姊手慣熟的插進我的臂彎，「第一眼曉得你就是，同一個模子出來的，你二哥說你較斯文，——比他還壞。」過兩條街。二姊在騎樓烤攤買了兩串雞屁股、兩盒壽司。轉入巷子，折過巷尾，轉入另條巷弄，「這就是，套房大樓。」轉出大街，在雜貨店買了兩瓶保力達B，要我提著，「這是你二哥的補給品。」再回巷內，二姊前前後後瞇著，上套房大樓。

十坪大套房，亂葬崗似，這裏墳起一堆那裏一堆。二哥盤腿坐在墳床中，苦瓜燜肉的臊味。「聽說你在找我。」二姊抱起一團衣物，露出一張海灘椅。「怎麼這麼久才聽說？」我望著二哥浮胖的臉，胸肌也墜了些。「已經九個月沒出門了。」二哥遞過來一杯酒，「九個月零二天，不現在是，九個月零三天。在罐子內時——」「——啜米酒，」我接下話，「在外頭比較有卡豪華米酒保力達B。」二哥笑。「不是買不起好酒，」二姊拿冰塊來，「有回替他帶了瓶黑牌走路的，喝半口就倒到馬桶去。」二姊吃壽司。「有稀飯，」二哥說，「牛肉魯好了，」朝我笑，「現在會魯牛肉。」「還會豬腳土豆呢，」二姊嘻。在米酒保力達B的微醺中，二哥電鍋魯牛肉土豆豬腳熬粥，可惜不能炒炸，不然真想學做鱔魚糊。還有一道名菜，二姊提醒，別忘了請三弟，米酒悶鰗溜。

他逃離部隊直直投奔二姊的洞房。有一冬，他駐在大崗山大寺後修道人的洞房，真正是冬暖夏涼，油鹽米醬民生必須當然不忘煉丹爐，淒迷的是，夜半木魚到洞房，叩叩叩又叩，他決心收腳久蟄煉丹修道，料不到有一日向尼姑請米時，伊說啥麼春元演習隔日早起有人上山來普查戶口。他在軍監中某個燥熱難安的夜晚，突然想到二姊的洞房：大腿肉補藥酒配A片。他駐過廢屋空屋或建築中的半屋，自由逍遙藥酒自備夢中美女到處是，只差蚊蟲多兼又不時飄來尿溲味。慢慢的他想到，也許可以閉關在二姊的洞房。一度他駐在防空洞，霉餿比尿溲難受十倍，黑暗中這裏那裏不時碰到撞到不知啥麼死人骨頭，他有個罐友一出罐便性急同愛人躲入路邊坡嵌下的防空洞，恐怖，法醫說是缺氧，哪裏知道是活活被餿死的。他厭了長征短駐的生活。再怎樣的長征，獵人總是跟在屁股後，他命定要在某一次的短駐中被捕。他想，自己有足夠的能耐了，他多年蹲在軍監的功夫，正好用來自閉在二姊的洞房，隔著層層的鋼筋水泥，他的心跳消失在整個都市的心跳中。

我可以感覺那種心跳——逃兵的心跳。在米酒保力達B的微醺中，我告訴二哥我也有一次逃兵的經驗，但首先我要談到槍。終於，我可以擁抱編派給我的那支槍。「瞧他來時不像人樣，」連長蔣的當著大家的面讚我，「軍隊把他養壯嘍——」初次我從槍架箱捧出槍支時，一種恩怨情仇愛恨交織的炙燒燙傷了我的指掌。我指蘸擦槍油細挲著槍身，我甘願我的指掌是永恆的擦槍布，我剝下一長條掌皮綣在通槍桿，來回千百億萬次通得槍膛閃電的亮：我是天生的擦槍手。「有機會我推薦你接任我這職位，」槍械士檢查過我的槍。槍回槍箱的途中，我隨手指印沙土，在指尖搓成油泥碎，像某日正午晴天冰雹一樣紛紛打落鎗管裏。午夜，我在車場或豬舍衛哨，槍管翹向銀河黑洞或豬仔的屁孔。有一晚，小政戰怒斥大家，「以後不准兩人同蓋一條棉被——搞啥麼鬼在裏面？」一當夜，我將槍柄頂在豬柵，槍管廝磨屁眼，準星在我尻骨劃下永難磨滅的傷痕。嗅著豬子或人子的屎溲，我悟到，原來槍身是仿陽具構造，子彈從槍管射出結束精子帶來的生命，軍隊是國家公開展示的大陽具，無數精子槍管朝外也向內，任何個人的小陽具必要陽痿在這大陽具的柄垂下，不然隨時他贠到你的屁股：原來，被死操屁股的同時不禁我伸出可憐的求救的手勢——觸摸任何一個可能的女人。

「啊哈，」二哥感嘆：男人都有觸摸任何一個女人的慾望。有一夜，我拔去刀鞘，刀尖刺入土泥，我脫卻軍服吊在槍屁股，鋼盔罩在屁眼上。只剩汗衫內褲，我越過鐵絲網牆。隔著鐵絲刺，我凝望一會那心身顛倒的槍人，困守著暗窟般的國家豬舍。循著營側小徑往下走了幾分鐘，突地頓停我呆住，——我離開「鋼鐵」的軍隊就這樣走回「散漫」的人群嗎？他們料到，我會逃回散漫，馬上派出鋼鐵的獵人，我想起逃兵二哥，散漫的生活何能抵擋鋼鐵的意志呢？我回身向山腰顛跛而上，——如果以個人意志的鋼鐵放手一搏集體意志的鋼鐵——夜色中，我經過橘園菇棚竹林，爬陡峭的澗谷，營門那兩盞聚光燈的強光交叉成弧濛暈影在胯間時隱時現，仰頭山後披滿珠星迎面洩下來。我在半山腰一處兩尺半見方的平台待了三夜四天，兩度下到橘園採吃橘子。平台後緣岩壁下滴過一彎山澗水，我嚼著龍鬚嫩莖，和著澗水吞下肚：我眺見營內裊起炊煙，灶房正用著這澗水煮著白斬雞。初夜，在蚊蟲叮咬中，我想到，徹底的叛逆是自我救贖唯一、根本的形式，只怨自己忘了帶蚊香上來。第二夜搔著腫癢，尤其是大腿內側和腋窩的痛癢，我感到，兵役制度是一個大王八，必要強姦每一個處男，在每一個男人身上留下污辱的痕跡，幾乎空了的胃翻絞著渴求早餐的大饅頭，嚥著口水我凝望海茫茫的星，為什麼人一出生便要隸屬某個國家，為什麼國家從來不必請問一聲你願不願意當它的國民？第三天晨起，腿軟頭眩下到橘園，對著滿目橘隻發愣：原來橘園只是過道，睡意朦朧中我一路蜷向——營區。我捧著五、六只橘子艱難上山，趴爬澗石時掉了幾只，挨到平台癱軟倒地。第三夜我無思無想，其間乾嘔醒來兩次。

我回營後，第一口吃到的是絲瓜蝦米粥。直到今天每逢假日節慶，我必要妻熬這蝦米絲瓜粥。「我是——金瓜粉蒸豬肉，」二哥最懷念軍中的金瓜粉蒸肉。小政戰堅持移送軍法，連長蔣擴大解釋整個後山都屬營區範圍內，因此只是違紀沒有逃兵，電詢大政戰有條件同意連長的觀點。「伊娘的，」在米酒保力達B的微醺中，二哥有條件同意小政戰的觀點：人人有逃兵的心態但不會人人逃兵，如果我當年真能成就一個逃兵了，就不會有現今這樣無味的人生。他用「無味的」來形容我現在的人生。我被押送指揮部禁閉三週，三週期滿隨即被遣送海邊某個新成立的單位，同行的還有那位社會流氓兵。在米酒B的微醺中，二哥評估我的逃兵經驗是小卒騎馬馬前失蹄都不知，最起碼要帶登山口糧和換洗的衣褲，像他初次逃兵翻出牆後，馬上找到上個休假日埋在草叢中便服襯衫長褲。我望著攤大字在床上的二哥，翻白的臉像剛入土的人，我記起初次逃兵是春節休假忘了回去，——會是第二次逃兵的事嗎？

在米酒B的微醺中，二哥喃咕起一種奧語，二姊是小夜班，他喃到午夜然後纏著人到天亮，二姊若是大夜班，他直咕到天亮然後纏著人到近午。「我上班時間長，」二姊說，「還虧他自己發明自己說給自己聽。」所以叫做奧語，就是要別人聽不懂，聽不懂就不怕洩密，不怕洩密就有隨時隨地開講的自由，有了自由日子就好過。在米酒B的微醺中，二哥開講了，這種奧語，獨一無二的，千變加萬化的，是他軍監生活中逐步開展出來的，等到哪天，他全會了，說得順啦，他就要出發到說這種奧語的地方去，不再回來……。

6

我感謝並請二姊繼續照顧二哥。二姊黯然的微笑說，這是她初次如此完整的擁有一個男人。我們在巷口道別，二姊凹大的眼眶靜靜閃著淚光。我望著夜的海的波光度過剩下的那些日子，我想只有走入那青灰色的光潋中，才能得到完整的自由。母親說人一出生便要開始學習忍耐。大哥說制度考驗人的耐性，耐力勝人的就在制度中出頭。二哥的耐力勝得過制度的能耐嗎？假日，我自漁村搭車到城市，在暗巷間輾轉徘徊，跟在某個流鶯的臀後，投身到不知哪一張濕霉的床上。

我向妻說果真是個迷魂陣，兩天一夜我找不到那低沉嗓子的女子。二哥正在完成他的人生藝術，我告訴二嫂，請成全他。何時開始我喝起老米酒，妻哂說是不是要喝到老長壽。在米酒醋的微醺中，我想像同時重演二哥的逃兵生涯。我曾幾個月流連在萬華夜市，天亮後睡在龍山寺正殿後廊，吃供桌上的糕餅水果。隨著宋姓老丐一家，南北趕了幾個廟會，在鹿耳門朝聖的人潮中被甩脫了去，他們嫌我吃得油胖，不像丐家風範。當我沿著某條不知名的溪谷，跋涉到山腳下，彷彿我見到半山腰歪坐著一個臉嫩的逃兵，我喊，「下來吧怕啥麼世界真正大逃兵多的是，」他一動不動兀自窩在他的安全台。我一連瀉肚下痢兩天，拖著身子到淡水碼頭，怔怔望著嵌在出海口的夕陽，以為走到了人生的盡頭。無奈我回身投奔情人的套房，情人只說一句「同是天涯淪落人」，同時抱頭痛哭我們。我規定情人的敲門聲一連六下，電鈴聲三短一長，不然鬼來敲門我也不應。日夜我拉攏墨綠色窗簾，我憑日夜滲入來的聲息氣味辨別日夜。不出三、四個月，我已成就一名電鍋作手，但我不止于電鍋作手，現在我學做小籠包子，情人答應下回問問看是否有一種電蒸籠。

我愛長征短駐的生活，雖然要時時當心擦乾淨屁股，免得股溝的氣味惹來那幫永遠的獵人。我「雖不滿意但也可以接受」閉關的生活，這不是比賽耐力的問題，我覺得不值的是，從閉關的那一刻開始便被制度「閉關」了生命。在妻的凝盯下，在酒醋的微醺中，我設想我的失蹤：當「我」這個人失蹤的瞬間，那個閉關在情人洞房的人可以自己開門走出來，以「我」的身份走完他的生命。計畫自我的失蹤不是一件容易的事。我一再演練，直到我能掌控我的失蹤，即時出發去解救那個被閉關的生命，那已是第二年的酷夏。

情人洞房如今住的是一對在舞台秀配舞的年輕男女，男的說搬來時是空房，女的嗤：不如說是垃圾倉庫。我問垃圾中是否有一只電鍋。女的指指擺在進口鬱金香旁電鍋，男的說：看看還能用，就將就留下來用。鍋蓋一跳一掀的：筍絲扣肉的氣味。我晃在萬頭蠕動的水泥蟲林，尋找一張兒時熟識的臉孔。我佇望大廈蜂巢樣的窗口：那張臉正專注著捏他手中的三角紅豆饅頭，——是他向母親偷學的，紅豆餡是母親的拿手。我買了一個竹製蒸籠回去，我向妻說二哥隱在某個不起眼地方，做蒸籠學陡。冬夜，妻拿出蒸籠蒸冷凍水餃燒賣，作睡前點心，我在籠上溫小杯小杯長春酒。熬到春暖，我決定接受如是想像的真實：有個死心戀上二姊的客人，偷偷跟蹤到二姊的住處，幾個小時後獵人來敲門，叩叩叩叩叩叩，二哥拔起裸身下床應門，「不是我，」二姊嘶，「我在這裏呀！」開了門縫同時獵人正要踹破門的瞬間，二哥用閃電般冰冷的聲音說：不必，隨即大開門，直直走了出去，獵人排班跟在屁股後……

——一九九一年

細微的一線香

兒子的作文簿中，有篇標題「我的父親」，這麼寫道：「傍晚後，客廳黑暗暗，只燒神明的香，老是抽菸的爸爸坐在椅內，眼睛登大大，都不說話……。」妻是細膩多心思的女人，作文簿擺在容易順手翻讀處，大致也是她的用心罷。我只有苦笑；然而這樣父親影像的描繪，說不定已道出粗略的真實。一層不知始自什麼年代的鐵皮，想像中已銹蝕盡了吧，卻永遠盡責地死封著天窗；即使白天，似乎所有暗黝俱濃聚在窄迫高竄的屋宇間，趨近黃昏，便沿循泛斑白的粟色樑柱，一寸寸陰謀地逼下來。躲在過道盡頭窺視，或者放學回來將踏入門坎的剎那，一幅無聲的圖像——逐漸填塞逐漸形構的偌大深鬱氛圍，以及凸顯其中步入中年的成人蒼白緘默的形像，是怎樣襲入孩子的心靈。比同年齡孩童細瘦的身子，襯得頭惹眼的大，好像一直不懂得招呼人的禮貌，老縮在妻背後歪斜腦袋愣愣地瞧人。「怎麼辦呢？這樣，」僅只在做愛後些微的溫馨中，平仰著身子的妻會如此囁嚅自語著，「好暗——暗！怎麼辦？這屋厝，孩子——」零散斷續如夢中的囈語；而我愧疚自責的心，自動且迅速地捕足其中完整的意涵：「早日脫離這黝淡無當的宅第吧，為了孩子——。」我隨即翻轉身，拚命貼緊妻；僅僅給予肉體交媾的眩樂，方足以遮掩我的羞慚。

如若妻那般似是彆了許久，出其不意抖高的呻吟聲；同時，我心輕舒著一種近乎憨笑般的嘆息：要棄捨這宅第，於今是萬萬不能了。「破舊、陰濕，滿是鬼怪。伊娘的，攏是鬼！」即若以商業投資家自豪的二叔，叛子二叔怎樣在先祖的神桌前咀咒著一度呵護他的宅第；就於當時，我才初次殷切感悟：我是且必須是為這古老屋厝固執焚燃的寂寞的一線香。然而，這樣的豪情，彷彿也是多年以前的事了。不知何時開始，妻習慣柔著腔愛謔地說：「啊，盪來盪去。盪來盪去。」原來廳堂樑木直懸下筐圍著雕花的六角長形燈，白日風大虛幌幌的讓人瞧著心慌；而妻的本意應是無奈且憐著像遊魂一樣穿梭廳房過道「啊！盪來盪去」的自己罷。

我在心裏反辯（我是有十足理由的）：能多看就多看一眼吧，有一天……。那段駕著速霸陸巡迴賣舊書的時日，輒要擲下生意，近午前便蒼白著顏臉匆匆回來，必定等到手摸著黑樸樸一對門上古老叩環，一顆悸跳的心才踏實起來。對折的門一推開：綠苔青板石磚，灰白石臼，高峨的正门形前簷……妻愕然且輕笑道：「顛狂。真是顛狂。」後來，甚至丟下營生，趕著將車賣了，和著父祖遺留一筆小錢，閉戶自守。傍晚飯後，一個個無盡頭的長夜，一支支亮著微紅的線香；對座太師椅上，妻奶著尚在襁褓中的孩子；偶爾，闔眼吸吮著的嬰孩本能地抽顫了，妻微俯頭額細細哼著兒歌般：「別怕，我守著呢。別——」香火微明的廳堂，古棕檀木無聲散放著逡巡般煦紅的幽芒。

「要緊的是：沉著、爽落。」妻是母親媒聘過來的，為邀著我的首肯，母親一再賣力嘮叨道：「注意她的眼睛嘸？呵那樣眼神可以無畏風浪……要維持這屋厝豈是容易的嚒？」幼時，最訝異母親是附近街衖人家唯一不與菜販討價的婦人；終其一生也從未疾言厲色的罷。那麼，妻是母親自蒼茫人海中挑出的嫡傳？光復後幾幾乎乎二十五個歲月，母親是實際擔當起現實逼迫的人，可異的是：僅只一雙纖白的手竟維護這三落大厝的祖產。是的，（我在心裏默唸：）沉著與爽落；然而，這不是類乎男人的氣質麼？母親已確確地預言了後來的風浪；而讓我心驚的：妻也要不期然步入這宿命，某一日承負起這屋厝的重擔麼？我拚死命搖頭。為何我的父祖一輩，在這屋厝生息的男人俱是被閹割得無聲無息？我汗顏地想起叛子二叔的話：

「這屋厝讓人頹廢。」

我冷冷回應著：

「墓是自掘的。頹廢——」

「吾聞著一股無形的惡毒的……」

「惡毒的是忘記祖先的人。」

「甭講啦！一樣，攏是廢人，廢人一個！」

其時，母親的肺癆已入膏骨，喉嚨裏兜轉著「哼」字，好一會才咳出蠶絲樣話語來：

「廢人嚒？說的也是——呵我的廢人。」窪陷底烏深的眼眶靜靜滲著淚。

我心慌地暴跳起來，胡亂嘶喊著什麼將二叔逼至門坎去。妻忙擁扶連連呵著「我的廢人」的母親轉入後房。可恨的叛子二叔臨走的倉皇裏，還瞪一眼隱在幽深中的屋樑：

「怪，偏偏生這肺癆，攏是一款，惡毒的呃——。」

事後的死靜中，我僵立著以一種撫慰的眼光環視這偌大的廳堂。浸乎巨大的黑紫色供桌，銅爐背後一整列先祖的木碑。我戀戀盯著站駐最最邊側的那碑，似兀還發散著泊淡的木質香息；一股突來的悲憤，胸口像要撕裂開來一般：

父親。哦，我的廢人父親。

母親一直到死俱念念不忘那次光榮的奮戰（始終，伊堅持說是「奮戰」）：呵父親挺直背軀，身著戎裝，炯亮的眼睛凝注著至遠的地方。母親溫靜地追述著，月芽樣笑彎了的眼睛：那是父親唯一英勇而慰人的圖像罷。空襲轟炸像流行的惡症般驟密起來，號唳似的警報一響，人們彷彿喪家犬般衝出門外掠過街衖；懷著孕的母親篤定地闔上門，轉入廳堂默立。自遠逼近轟隆轟隆的機械聲，「咻——咻」子彈噼叭擊碎了古舊的磚瓦，先祖碑位齊齊幌動；母親抖顫著手扶正又扶正，心中默告（伊以一種憨笑，如是模擬著）：「待他回歸嚒，呵請別生氣，待他沙場立功回歸嚒，這屋厝會好好翻新的……。」一直至一天，解除警報響過，母親習慣啟門候他人回來；門啟，赫然一隻凸顯著青筋的斷臂，血猶汨汨滲著染紅一大片門階；母親當下慟哭起來，將嘔出心來一般。

光復那年，剛入冬時候，畢竟父親「奮戰」歸來了：出奇黝黑，像脫了水的乾薯樣在庭中立著，喪神般愣瞪著一雙雙迎迓底濕熱的眼瞳；突然踱開大步，躲避什麼似地排開人眾隱入廳堂，曲伏腰背陷坐太師椅內，死死捏抱起一旁走過的老花貓；眾人跟入來噤默著，只有一陣「嗚咪——嗚」細微的嗚叫聲。

曾是文科畢業的父親後來被引介入縣府稅捐處做著文書工作。呵任誰也不理人的模樣。初時人們以為是怕生般害羞，逐漸感悟一股幾乎仇恨般的敵意了。有日，突然弓著背痙攣起來，隨後啜縮臉頰，鼓聚著唾液，像槍彈似地張嘴襲人。如此自社會潰退下來，這僅是終戰後一年的事罷。其後一段長時期，古厝中到處是躺著漫步著、慵懶身子呵欠著的貓；母親只好將剛出生的乳貓偷偷送掉，父親察覺了總會虎虎地盯人半天。先祖保佑：後來漸將痊癒了，能平靜地面對母親；恰於其時，醺醉一樣地迷上了蒔花。

童稚以至少年，我於花幾乎懷著妒恨般的感情。先是，庭院甬道廂房簷下盆栽著各色花，蓬散著髮的父親整日鬆土澆水除草，呵護得寶貝一樣；而後某日，連夜瘋狂地摘掉，花屍掃聚成小丘，僅只留下清冷白菊。季節換過，菊白遂喧囂起來了：那樣不讓旁人觸摸的白，綴滿了父親癱瘓樣的餘生。甚至那年冬天，寒流早早來臨，破曉時分猶摸索著巡花；嚴寒透入筋骨，三十九歲的軀體竟似老者那樣不堪，迅即撒手了。

這樣以生命去擁抱白菊（事物）的熱誠，該是動人的罷。然而，在泛著大片菊白的葬禮上，西服筆挺的二叔嘴角僵著一抹冷笑：

「伊娘的，攏是遺傳，」一生什麼氣地踢翻腳邊一盆菊花。「鬼花！看後世出世啥物來作孽！」

入殮時，剛觸棺底，父親頭向左一偏，眼皮拉開了，露著屍白的瞳眶；有人嚎叫起來；母親緊緊捏抓我的手腕入棺，用我的中指無名指將竟似溫熱的眼臉撫闔。二叔旁觀著這一幕，瞅我好一會，嘟喃著什麼離去。

那時尚只讀著高一，無法體會二叔眼中的深意；僅僅父親頭滾向一邊凸顯白眼的圖像，閃電一般輒在後來的夢裏重現。我拚命告慰自己：那無非是一種皮膚鬆弛後的自然麼。慢慢地，我咀嚼著二叔的話：難道那不是殊異的個人命運麼？果真家族遺傳的血液啃蝕了父親的一生？我不得不想起祖父來。我遲遲不願提及祖父，因為先祖絕不原宥祖父的：在他手裏，原本五落輝煌大厝，淪落為三進破敗古厝。我必須痛恨要由自己來反省如斯將恥辱帶入家族譜上的祖父的一生麼。

「瘞——毛血」腦海中恆留存著祖父這樣蒼老幽深的一喚，在高竄的屋宇間迴應著悶哼般沉鬱的反響。這是家族祭禮的序幕。滿溢的雞血自舊瓷碗口邊緣順掌心蜿蜒而下，在我跟前滴開一條血紅的路來。特地梳起古式髮髻的母親，於暗黑的庭階下駐候，趨近來，默默地接過彷似被血腥滲透入質底的瓷碗。在這瞬間的凝止裏，母親恬靜的臉凝望著洞開的內裏，睜大而微潤的眼瞳反映著一絲燭火美麗的柔芒。我惦著在一對高跳的燭火旁佝僂身子，一身藍袍紫帶的祖父，那樣奕奕監視著這一切的眼神。母親轉身離去的剎那，越過她微聳的肩頭，瞥見一種無言的冷冽的青光，在青板石鋪就暗晦的庭中浮遊。

「迎神！」「樂奏昭平之章！」四更時分，燭火灼灼的堂厝，彷彿詩歌鼓樂齊奏，鏞鐘齊鳴……「行亞獻禮！」「樂奏秩平之章！」偌大闃靜裏，僅只祖父逐漸粗嗄的嗓音：

式禮莫愆，升堂再獻，響叶鏞鏞，誠孚罍甗，

肅肅雍雍，譽髦斯彥，禮陶樂淑，相觀而善。

「徹饌！」……「送神！」「樂奏德平之章！」破曉了的微明，鼠灰色襲上厝簷下祖父仰望的臉龐……。宛如孔廟九月末梢的釋奠儀節：祖父儼然大通兼主祭，而我忝為事事贊助的小官。

這是持續多年的家族二人祭。母親曾囁嚅問道：

「這必要嚒？」

祖父皺起眉結：

「嗯。恐怕這世界——」

祖父中年時曾是孔廟以成樂社的司笙者：光復後某年，莫名辭離樂社，於自家堂厝經營起類如廟祭的規模了。

「不會太僭噓？」母親俯下眼臉。

「啥麼僭越？」祖父激動了，「先祖們值不上是麼？」

幼時，祖父在庭中教我習舞八佾。祖父多麼冀望多子多孫：那般祭儀需要多少執事與童生啊。

母親聲音更細了：

「鄰家有人知啦，說閒話。」

祖父不則聲，著力噴出一口煙。

「孩子伊二叔也說了，」後來，加厲地收購著簠簋尊爵等諸種祭器，屢屢要母親央求二叔的資助，「他說不再管。」

祖父臉色淡黯了，雙手癱靠椅把上，菸灰細細灑下來：

「世衰，哎——道日日微。啥人了解我的志氣！」

祖父晚年神志遂夾纏不清了。輒衝著人傾訴先祖中某幾位如何乘著紫雲昨夜在他夢中徘徊；柱著青龍紋身的家傳枴杖，許久凝望堂厝，若有所思地噓嘆，而後喜孜孜宣佈他計畫修築怎樣更壯麗的王國。即就是「王國」這樣字眼激惱了二叔。其時，祖父長久堅持著至少需購一個鑊，「沒有鑊，何以接續那年代久遠的聲音？」祖父連三寫信斥責二叔的不肖：「汝既命定生乃王國之子孫，怎忍一日或忘汝之王國乎？」如此逼回來了二叔。

那是舊曆年終前幾日吧，廳堂只蘊著冰冷的空氣；二叔踱著步，鹿皮大衣領高高掀翻起。母親扶著危顫顫的祖父出來，洗得泛白的藍布褂對襟一排鈕子散脫開，包著一層鬆薄皺皮的喉結在發黃底白色裏衣上疙瘩跳動，淒瞇著雙眼瞧人。

「自那鬼死後，」二叔木立著，呆覷祖父好一會，用勁地別開臉。「就——癱成這樣！」

沒人答腔。祖父緩緩落坐。半晌，祖父睜大眼睛，半身前衝，一手緊抓椅把，一手垂落上頭輕顫著：

「死……誰死？」

「又來了，」二叔身子萎挫下來，「攏是裝假。多少年了，還這麼裝假。」

「說，」祖父提高腔，「有膽儘管說，甭這款縮頭的模樣。」

「誰縮——」二叔猛拉直身，激動得變了腔。母親想開口阻止，口張木愣在當中。二叔結巴起來，「敢講，來，來看誰縮——。誰——誰整天哭著要酒？酒，沒鳥的才只會喝酒，癱成那樣！誰縮？敢講！誰——哭得那樣，笑死人——」

祖父身子陡地縮得好小，幾乎全陷入椅內，左臉頰肉一小陣抽動，右腿和著一陣亂抖。

「哭？」祖父茫然的眼神睃巡著我與母親，「啥麼時候——哭？」

「還不承認，什麼也不承認。酒鬼一個。只會買東買西，學孩子樣辦家家酒。人家知了，還以為——什麼時代啦，笑死人——」

「死……。」祖父抖得更厲害了。

「鬼！」二叔作勢朝祖父撲去；母親推我一把攔住。二叔咬牙喊道：

「讓他醒來——」

母親緊抓住二叔的臂膀。「讓他醒來，」二叔以低抑底幾至嗚咽的聲調，「嫂，讓他醒來。」

這是初次，我聞著二叔呼母：嫂。母親轉過身去，雙手護住猶喪神地喃喃著「生」「死」字眼的祖父。

「沒用了，」母親淡淡地道。

二叔瞪大水亮亮眼睛，像什麼話嗸住，漲紅了臉。

「異常的人。」母親平板聲道，「是的，只會玩家家酒的老人。同樣神經——那時，誰家白菊開得比我們好？都謝了，沒用了，謝了……。」

「我了解。但——」

「你了解？」母親昂起頭，「了解什麼？你過你的富裕生活，一年二年轉來一次，一下那轎車，東瞥一下，西瞥一下。你了解什麼？」

「我是為——。攏講一句，不該順著他。什麼時代啦，不該——」

「難道我這樣還不夠盡心嚒？三更半夜開門跛出去，特別月亮大的時日，專尋長著楊柳的河邊鑽，口口聲聲喚『祖』『祖』。什麼世界呵！得要我追著好言勸慰半日，說承祖就在這厝內某處，才肯回來。三更半夜，這樣事多了，我不盡心嚒？」

二叔頹然將臉埋在雙掌間，自其中迸出低沉的嗓音：「我了解，我了解……」逐漸密集成一片模糊的嗡嗡聲。祖父迷茫中聽聞「承祖」，倏地一振，抖簌簌立起身，蠕顫前行。母親彷若視如無睹，控訴般扭著傷慟的嗓子：

「回家來，前後四處蹎著，又不讓點燈，說是怕嚇跑了，這樣折磨，什麼世界呵——。聽過那呼喚的聲音嚒？」

蠕行著的祖父，粗濁的喉音咕嚕著「ㄗㄡㄗㄡ」「ㄗㄡㄗㄡ」。母親幾乎啜泣了：

「三更半夜，被什麼咬嚙著，吸吮魂魄的呻吟樣。我心裏抖著，不能出聲，就誤以為我是——」

祖父擲開手杖，又哭又笑粗聲「ㄗㄡ」「ㄗㄡ」地朝二叔身上亂撲；二叔駭叫一聲，猛抽身奪門而出，鹿皮大衣下襬急驟幌動，兜個圈消失在門外冬日白花花的陽光裏。祖父仆倒地上；母親受驚樣愣視著；我飛快奔過去：祖父兩手猶在空中撲抓，依然「ㄗㄡ」「ㄗㄡ」喑啞得幾近無聲。

那冬以至後來，祖父泰半昏睡著，醒時或者胡語，或者抓筆歪顫著寫下「天譴如斯之人」等等；偶爾微弱地用手比劃著要母親郵寄去，臨了還是揉縐在自己的掌心裏。那時，母親奔波著為一家剛成立的人壽保險公司招攬業務；而我由著大學考試再度落第，征集令遲遲不肯下來，自然承起照撫祖父以至屋厝的責任了。

母親習慣處理了晨起後家務瑣屑，出門前朝正呵著稀飯的我投過來叮嚀的一瞥。當我提著籐製茶巢轉入末進院落，腳一觸及銜迤而去的紫灰色六角地磚，驀然竄升的寒慄裏，生動著一絲冒險般的竊喜。「別惹人厭，去——那邊是公公的。」記憶裏有兩幅圖像：母親蹲下身來殷殷呵勸著，我委屈且不依的眼神正固著母親潔坦的額頭；「那是你阿公的，」母親手織補桌巾，一直俯著的頭額橫顯三四道皺紋，「別過去。一定。那是伊——」母親虛恍恍地笑起來，「唯一的。」如是不可思議，將二十年了，家厝仍有我未能親炙的陌生的國土。我半懸腳跟；橫過庭井時，不期然踩著蹺裂且滲出泥土的磚子，發出「噼叭」的細碎聲。而後，在石榴花窗前噤立，屏息著瞪眼窺望陰晦的內裏，鼓足氣輕輕一推：「咦呀——呀」花格窗門徐徐展開。

光線羞怯怯折入，對頭壁上，拳樣大小黑體草書彷似透著清冷空氣嘶嘶舞轉過來；紙軸下延大段依著紫檀供桌，對駐的長頸白瓷花瓶夾凸一銹黑靜默的篆香爐。我右轉入側房，木刻高几上昏黃著一盞小燈，水雲色帳子自古粟筐床頂端森森垂落，「公，阿公——」回應的是方形紗帳內無法眡視的默冥。我掀開茶巢蓋子，輕手拏出錫茶壺，壺嘴飄昇絲絲鐵觀音的澀香，「早茶啦，公，」一面喃喃，一面躡腳離去。中堂乍亮多，大幅紙軸上竟斑斑著漏水漬痕，草書個個蹲踞下來恰似一窪一窪眼眶；我費神凝視，「更努力認吧，今天，」心中一再嫠嫠，「既是篆香薰供著的必然書寫著某種究極的真實。」雖然，及今仍只重複著辨識出那麼幾個斷裂的字眼。

轉入左側書房，磨人的黝黑與霉澀，摸索亮了紅龕燈，一頭寫意的牛閒閒落著畫布軸上，微紅的光泛開一壁無垠的曠野。幾根粗木條胡亂封掩著後窗，盤錯處隱著小小的紫幽洞窟；書桌一片墨黃斑駁，紅光細細洒過，像極沃土上生就枯碎黃花，紫石硯靜靜依著花片頂梢，油盞幾處剝落了銅漆，迫近來，噤默如收割後稻草人樣的守護者。依牆四個棕色書櫥，約一個半人高，占了其餘二壁，三層長形斗櫃，上頭隋圓玻璃窗齊齊繪著人物，古式衣冠，微簽身揖讓著。我拿把磁鼓椅子，小心立腳上去，圓洞周匝細緻著冰冷的草花；對禁的櫥門一拉開，兜來厚密樸澀味，紅光淡紅了板櫥壁，疊上線裝書重重暗褐的陰影：

潛夫論
明代名臣言行錄
歷代史論
大清會典
國策評林
湖海評傳
鹽鐵論
簷曝雜記
古今文致
秋江集

劍南詩鈔
漁洋古詩選
國朝詞綜二集
顏氏家訓
…………
…………

每一書名俱是陌生；目光落著《顏氏家訓》，高興得如在溺失中攫著了水草。我急切翻尋那些曾經讀過的片段，「由儉入奢易，由奢入儉難」，字傍打著紅圈，筆墨透入紙背，「齊朝有一士大夫，嘗謂吾曰：『我有一兒，年十七……教其學鮮卑語及彈琵琶……以此伏事公卿……。』吾時俯而不答……。」一頁頁，攤開來血樣的微腥。我興奮地搬下一堆堆，草草覽閱著，很快疲累下來：難以融身進去的世界，這豈僅是構句法的無法親和？我想起中學六年國文教育，填充選擇默寫填充，莫名的輪迴。我不禁微笑起來，輕輕吁了一口氣：紫石硯上騰起灰塵，上揚，無聲地動作；慢慢慢慢，下降，定寂。

源流不絕的市廛嘈聲，曲折入來成為隱微的「哄哄」：像凝神細聽雲霽迸裂的那刻，自身感受一種奇譎的寧謐。我輕撫書頁，手指無意識地摹著字傍紅圈：一列工整的圓，下方隨著一例缺了口的小小扁圓。我在心中揣測，究是先祖中何人的手澤？我想該有一本家族譜罷，記載先祖在世上行走的遺蹟；彼時，當無如此市廛嘈雜，然則一個人憑著油盞圈點古書，迴繞於其心頭的是怎樣的聲音呢？我蹲下身子，打開斗櫃，胖胖瘦瘦擠在一起的毛筆，廢棄的墨硯，發黃底紙張，脫了線的書頁；我隨手翻攪著，「瑣碎的，」心中默默嘀咕，「靜物樣的，人生。」拉開最下層斗櫃：散亂著一卷卷紙軸；中間後緣有件折疊整齊的和服衣料，抖開，一輪夕陽紅在金黃質地上迸跳出來；一雙木屐，雕著圓臉娃娃；下頭壓著一個柚黑木匾，內面密麻著文字。我拏起匾子，懶懶地就著紅龕燈：

臺灣公益會旨趣書（一九二三年十一月）

……………統治之極致在於文化向上，民生安定而已。故本年誠惶誠恐我東宮殿下鶴駕南巡之際，四月廿六日下賜田總督閣下之令旨，亦蒙殷殷致意及此。島內官民奉誦之餘，莫不感泣淚零。……茲糾合同志除宏揚臺灣公益會外，更擬切磋研鑽，以圖上下意志之疏通，披瀝忠誠，除去民間疾苦。互相融合協立，以助長內（日）台人差別之撤廢……日本帝國統治幸甚，台灣統治幸甚。……

「叩叩——叩」，彷似木杖磕擊著腳凳的晌聲。我吃力地讀著；隔一層毛濛濛玻璃，眼睛使勁得幾乎發昏。「叩」，我皺起眉頭；「噗——」是物體墜落的聲音。我抓著木匾，奔出書房，轉入右側：「公，」祖父跌坐長腳凳上，痛苦地閉著眼睛，抖著木杖亂點，掙扎著起身。「我來，公，」瓷枕斜落帳外，繪著亭閣樓榭的一面朝著上頭。「躺下吧，公，」祖父緩緩睜開眼睛；而後，受驚樣瞪大；「不舒服麼，公？」祖父扭皺著蠟黃的臉，喉嚨哽咽起來，驀地咄啐一聲，豁出身狠命將木杖擲來。我蒼白著臉怔住，木匾跌落下，「吭噹」一記玻璃的碎聲。

母親回來時，祖父還咿嗚著，雙手扯緊帳紗，頭埋在裏邊廝磨。母親默默收拾了破碎，而後在床傍竹椅中靜靜坐著。直到夜深，祖父才平靜下來。我在外頭花格窗邊迎著，用眼神忐忑地詢問母親；母親淡淡笑了笑，出奇底緘默著。

我許久不再進入書房。母親依然奔波著。我在腦海中翻滾著那些詞句，終究無法了悟，猶如祖父張牙舞爪的容顏。對於自身生長的斯土斯地，歷史課程只浮面地讓學生認識了被殖民的事實；至於殖民的實質過程，卻是懵懂無知。想當然爾，先人必然流過無數血淚；然而，如斯苦痛，除了饜足空洞的幻想，何能透徹血淚中的蘊含？我逐漸習慣逗留外頭，一壁惦著祖父，惶惶地四處蹓轉著：一顆正值反抗年紀的心靈，太多無法了解的事物，是不能忍受的事實。而後，幾乎欣悅地入伍了；假日在電影院冷飲店磨掉，逃避似地淡忘了屋厝。

後來，軍旅生活逐漸緊張，徒行軍的次數陡然加驟起來。暮晚時分，走在鄉野路上，夜色自竹圍著的三串院瓦厝中襲掩過來。某日夜晚，舔息在小村落雜貨店傍；一個穿著花襯衫的年輕男子嘵嘵道：「勝雄伊家蓋二層樓啦！」有個老人踞跨板凳上，唾一口檳榔液，嘴角歪起來。「連放三串鞭炮，聽說把舊氣穢氣都除啦，」花衫男子握緊拳頭，捶了磚牆一下，「老爸，免怨嘆，有一日看我們起個三四層哩！」老人沒有答腔，怔怔瞪著沉沉夜色。我心頭倏地抽痛起來，一陣冰麻掠過全身。

假日，我開始在舊書店流連，用微薄的薪餉購讀著文獻書籍。軍伍頻頻轉換駐地；由著文獻，我得以迫近鄉土的真實：熟悉先人的來源與滄桑，而後以撫愛的眼神正視鄉土的現實。我學習著判斷歷史的得失；然而，我無法肯定某些事件真確的意涵。我時時於內心反芻著〈公益會旨趣書〉中的詞句：原來那只是一種在每個世代中俱可瞥見的卑微苟存的人性；還是在其鄙憎的面目下，有更崇高的企圖？

那年年假，除夕傍晚重回古厝，迫不及待地轉入書房，面對著最最下層斗櫃，幾乎懷著畏懼般猶疑起來。我將紙軸一卷卷捻開：〈大和頌〉〈送尾崎一郎東歸詩〉〈和上田總督詩〉。紅龕燈顯得格外昏暗，我不由得盯著那個飛舞的「頌」字怔忡起來。母親侍過祖父夜飯，轉入來，「去，吃飯，」母親愣了一下，過來逕自捲起紙軸，「暗了些噯？」母親俯著臉淺淺笑著，散亂的鬢白在淡黯中異常地凸顯。

我一股腦將疑惑詢之母親。我已長大足以負荷家族的愴痛。「噢？」母親點起細長的守歲的線香；一小股冷風自門窗隙縫掠入，母親縮起肩頭：

「來，你照顧這線香，要續著下去！」母親自嘲道，「我挨不久就累了，得去躺著。」

我幽幽底：

「這屋厝原來是什麼樣子？」

「怎麼問這個，嗯？——」母親笑道，「剛嫁過來，呵都弄不清楚這屋那屋；後來，懷著你才累人呢！從前頭到後進，像過五關一樣辛苦。」停了一會，母親道，「不過，也沒多久的事——。賣了後頭，說是開工廠。」

「呃？」我訝異著。

「是的，工廠，在郊外，光復後花費將近一年才建好。那時候，罕見的工廠哪……。工廠出產罐頭，每個月趕著大批大批運到唐山大陸去！」

我著實無法摹想在滿目瘡痍的土地上趕著興建新工廠的祖父的形像。我一下子迷亂起來，腦海中僅僅閃過祖父扭皺容顏、那樣奮力的一擲。

光復後第三年春天，呵全省暴亂起來。母親靜靜述著，一面細細檢視著一大把剛購回的線香。三月上旬某日，十來個人持著棍棒，闖入工廠，嘯叫著逼近廠房。祖父衝出來喝問：

「幹啥？」工人湧出來觀望。

領頭的那人裸赤胳膊，嘶嚷著：

「打豬仔！」持棍棒的人蠢動起來；有人猛擲石塊，哐噹一聲擊碎玻璃。

呵祖父呆了。母親輕手拎出一柱斷折了的線香，細細笑將起來。

「我是台灣人——」祖父聲嘶著。

眾人愣住。祖父呲著牙惡狠狠底：

「中國人！」

持棍棒的人目瞪口呆著，呵眾人惶惶起來。母親皺著一抹笑紋，空茫的眼神落著供桌；無聲掠入一小陣風，線香陡地熾紅起來。

有一道乾癟的聲音，自旁觀者中冷冷地透來：

「昨天是日本人，今天台灣人，」一聲音激昂起來，沙啞啞底，「究竟是什麼人？」

「對！到底是什麼人？」領頭者理直起來；底下的人揮舞棍棒喝著：

「到底什麼人？」

祖父蒼白著臉，什麼東西堵緊胸口，抖著咳氣。

「什麼人？」仍是那道冷而堅直的聲音，「現實的人！」

眾人沸騰起來，潮水一樣衝入房舍。祖父猶自顫著腔喃喃著：中國人，中國人……。

祖父自此沉淪了。母親闔起眼，臉上滿是倦怠的顏色。好一陣子，工廠癱瘓下來；其後，勉強維持著。後二年，唐山淪陷，銷路斷絕，祖父無心另圖發展，工廠草草結束了。

「是不是就在那時，」我突然問道，「阿公離開孔廟以成樂社？」

母親不置是否，嗒然凝望燃著的線香，聲音恍恍惚惚底：

「我去睡了。好好看著線香——。」

一夜無眠：線香未盡，我已燃起另支新的線香。對於淪喪者，果真時間會給予嚴厲的裁判麼？我思想著父親及至祖父生長的那個時代；再往上溯，便是撲朔莫名。僅只這屋厝，一切彷似浸漬著時間的痕跡。我在廳堂甬道庭院間徘徊：一定有一個充滿感情的、生動的記憶，巨細不遺地保存了下來，在這黝暗底默冥。

母親希望我重新準備考讀大學；然而，退役後的日子，我發願似地勤讀著古書，將讀過的書拏出來擺上供書的邊角。有張註明著「漢代石刻」的圖片：纏絡著漫滋開來的枝葉，恰恰暗示了人物心靈情狀的糾結。我時常蠱惑底凝眸著那些人像，他們臂腰折轉之間生動著怎樣的生活的訊息。我復想及明清的庭園構築；先祖所建立的世代生活環境，如何暗示著他們內心的憧憬？

我仍照顧著祖父，在暗黝靜謐的氛圍裏，細聽祖父微弱的聲息。母親逐漸衰弱，間續著明顯的咳氣聲。漸漸地，有一種突然襲來的心悸，書頁行間不時浮現著逼人的現實。

那年秋天，九月末梢剛過，我讀著一張市政府公函：都市建設局擬闢一條十米觀光大道，由車站直貫達孔廟。我心跳起來，古厝在拆除之列；我彷彿預見一隻大鐵手擊碎了古厝的屋脊，而後堆土機喹喹地開進來……。

二叔獲知消息，匆匆趕來，在廳堂中呵責著：

「早不賣掉，伊娘的！」二叔恨恨底：「像後頭人家買去，建了合作大樓，現在擴建成了飯店，多興盛呀！」

母親沉默著，將手上的格子紙遞過來，看我著筆書寫致市府的陳情書。

「別呆，」二叔陰陰地笑著，「如果答應賣掉這鬼厝，我倒可以運用一下我的影響力——。」

「永不。」我苦苦斟酌著字句；母親在一傍喃喃地道，「永不……。」

祖父病情加劇起來。夜晚母親疲憊地睡去，我獨自守著祖父。紗帳內不時傳來令人聳然的呻吟聲。冬盡春來時候，都市建設局發布聲明：計畫不切實際，當另擬議。祖父永遠闔眼了，他熬過了生命中的最後一場風暴。

我不再準備考讀大學。母親訝異地追問原因，我艱澀地解釋：對同一制度下的學校教育，我感覺一種缺乏信心的冰冷；何況，我不忍她如此操勞。母親笑說，習慣了，並不以為苦。然而，我堅持，我終究要負起維持這屋厝的責任。

終於，在一家印刷所找到工作；初時是學徒，既而成為檢字工人。感謝曾讀古書所得的知識，恰夠讓我在一排排灰黑的鉛字架間，迅速找著罕見的字體。印刷所泰半承製文件表格，那是一種需要量很大的東西；始終忙碌著；而後看著親手撿出來的字體，靜靜躺在一式的紙樣一式的格子內，心中老是泛起某種奇異的感覺。

某個星期天，二叔意外地來了，母親不在，我冷冷地招呼著。二叔直捷說明來意，他新建的工廠需要一個可靠的管理人才。我淡漠地回應：我的工作，適足以自足。「那有啥麼出息？」不知何時二叔禿起頭來，娃娃般朝中央凹進去一小片光澤；我看著笑了。

母親回來，篤定地說她已知曉這事；二叔已來過幾次，足以表示他於這事的真誠。「別記恨他的不是，」母親平靜地說；因為，二叔有個陰暗的童年。祖父不睬理他：他出生，同時我那從未謀面的祖母難產死亡。二叔小時瘦小得很；唯一撩人注意的是，他不時打破一些瓶瓶罐罐，刺得滿手是血。後來加烈起來：吃飯時故意將瓷碗掉落，一桌人瞪著他，他痴痴笑著。十五歲那年，打破廳堂中一尊景德花瓶，祖父氣顛了，一陣亂棍打跑了二叔。斷續有二叔的消息，說是隨船出洋了。祖父狠著心腸不聞不問。而後又謠傳，二叔成了旗子洲順源棧行郊陳家的大學徒。光復後，正是祖父工廠結束的慘淡日子，二叔回來了，在廳堂中揚眉吐氣，大聲吆喝著：其時，他是一家紡織廠的老闊——。我避開母親溫柔底祈求著的眼神，心中哽著什麼；我定定地瞅著廳堂外四處恣肆著的陽光，我想，我可以了悟如此傳奇背後的血汗。「別記恨。」母親說，「何況，他願意回來，這屋厝的門永遠得開著的。」

下個星期天，二叔邀請母親和我去參觀新建的綠藻廠。轎車上，母親低著聲問：

「綠藻？是什麼哪？」

「綠藻呀，」二叔比手底，「是伊日本人發明的呢！近來伊們流行得很，早晨飯後服幾粒，或者夾在麵包裏，可以長命百歲哩！」

二叔殷勤地領我們在蓄養池間轉來轉去，一壁說明著。母親靜靜微笑著。回來時車上，二叔亢奮地問我們覺得工廠如何；母親羞澀底：

「跟以前罐頭工廠大不一樣哪……。」二叔嘿嘿地笑起來。

其後不久，畢竟成為工廠的總管理員了；穿起灰色工作服，來回巡著，近乎狩視的一種職責。每到一處，管理員的督促聲便大了起來，女工們轉頭來瞥一眼，然後淡漠地別過頭去。我漸漸喜歡在廠房的角落呆立，怔怔看著：戛戛滾動的機器，木偶一般習慣動作著的工人……。

我察覺那是一個死靜的小圈子的社會。舊曆年前，有個工人奇想著要工廠均分紅利，趁二叔到工廠視察的時日，附和的人零零落落來到二叔華麗的桌前：

「我們辛苦——勞力，說來也是應該！」

「公司沒這條例，」二叔咬著煙斗，「當初進來你們就知道。」

四、五個人一陣子搓著手，摸著臉腮；終於迸出一句話：「可以改啊！」

「談何容易？」二叔聲音冷硬起來。

幾個人面面相覷著；而後默默離去。

我私自在心中構圖他們的生活：他們工作的意義，僅僅在於薪金的報酬；對於籠罩其身的整個經濟活動，既沒有參與的熱誠也毫無自衛的能力。他們處在一種生存情況的下限：生活僅為著維持生存。如此長久積累下來，個人自身的挫折感無形中抑貶了一個原本可能活潑生動的生命；甚至當為自己的生活、自身生命的未來請益之時，如他們身著的工作服的顏色一般，僅僅是暗淡且零落的烏合之眾了。

當晚，二叔慣例宴請年輕技師「田中君」；出奇底要我作陪，順便向他報告「管理」的心得。在一家叫「永井」的料理店，一入門，一個低沉的女聲輕輕喟唱：〈何日君再來〉……一例穿著花飾和服的女侍穿梭著，出其不意在身傍盪開一大片櫻花。

「還記得厝裏的和服和木屐嗎？」我挾起一塊生魚片，「我常常想著，像我們這樣的人穿著和服，腳踏木屐，會是什麼樣子？」

二叔呆了一會；平靜地道：

「別提及他。我不願再想及。那是祖先的羞辱。」

「哦？」辣末的辛辣衝至鼻腔，麻上頭皮。「是不是每個人心中一定會記掛著先祖的存在？」

「你以為——」二叔呷一口清酒，睨我好一會；然後歪著嘴角，「還有一套官服，你知道嗎？嗯？——配著響噹噹的配劍，」二叔邪邪底笑著，「在廳堂庭院練著步子，一聲吆喝著『ㄧㄗㄧ』『ㄋㄧ』『ㄙㄤ』……。你知道嗎？哼？」

我臉熱起來。田中君叨著菸詫異地看著二叔，二叔偏過頭去殷勤底嘰咕一番。

「別提這些。你知道啥麼？我不屑——」二叔猛呷一口菸。

「也差不多，可不必那樣不屑，」我反抗道，「同是殖民治下的遺魂！」

「說啥？」

「我說，」我冷笑道，「我們都是殖民治下的遺魂。」

「亂說啥？」二叔用力放下酒杯。

音樂轉換另一曲：〈思念的銀座生活〉……。

「你不認為你的工廠遺留著殖民的痕跡麼？原料、零件購自對方；重要技術師供自對方，技術祕密保留著；產品銷至對方。你不認為殖民的影響還固留在你身上麼？」

「這有啥奇怪？政府抽稅，我們養活了多少勞工！」

「是的，政府抽稅，經濟繁榮了，人們吃得白白胖胖；」歌曲的節奏逐漸加速，田中君在桌緣打起拍子，和唱著。我激動起來，「殖民的性格就是這樣：餵飽你自己的肚囊錢囊，一切按照規矩來，從不會站前一步，主動為人設想！」

「啥麼道理？」二叔氣呼呼底，「政府要勞保，勞保做了；限制女工童工，施行了；注意勞工工作環境，改善了！伊娘的，你，你——」

「什麼都做了麼？」田中瞧著笑著，手上拍子驟快起來。「被動的消極的現實主義者！什麼都做了嗎？——」

「你到底反對啥麼？」二叔狠著聲腔。

「怎能期望你們眼睛睜大，眼光放遠。不該這樣期望麼？算了。就說小事，小事——你怎樣款待日本人，怎樣對待中國人？」

二叔斜一眼田中；田中君睞睞眼睛，兀自笑著敲打著。二叔低下聲道：

「原來是淺薄的民族主義的感情，伊娘的，嘿，」二叔冷嘲道，「想不到還會生個這般強烈的民族感情者。可惜，感情超過任何理性，只會妨害進步，陷自己於貧困敗退之途！」

「不，根本的原因在於一切沒有自民族主義出發。殖民時期的挫折與冷漠，只有經由民族主義熾熱起來。民族感情會使人民自動自發來開發自己的經濟，自己的社會。像現在，經濟開發了，物質享受普遍提高了，你的感情呢？對民族的感情？」

「我了解你，」二叔頻頻點頭；田中君捉狹地跟著頓首。「我了解你……出世什麼地方就有什麼傳統！我是逃避開了的人。我求的是一個豐足的世界。你固守著你傳統，自己築道障壁，天生命定是失敗主義者。」

「失敗者？」田中君朝我嘻笑著。我長嘆一口氣，「我想，我們同是被征服者，被一個看不見的、急切滾動前進的經濟大輪。」

「你別憂天，」二叔呷口酒，側身咧牙與田中嘻笑著。「慢慢來。伊娘的，我們還有社會良心哩！」

女侍呵著腰殷勤地倒酒上菜，田中君荒腔底大聲唱將起來：「阿里山的姑娘——」姑娘媚眼一拋，笑嘻嘻地扭身離去。二叔接連呷著酒；偶爾，沉默底瞪著杯底。我拏筷子狠狠戳著一塊生魚片——然而，有任何一個社會的改革，完全由於自發的社會良心麼？當所有的不平被壓抑，被委蛇於無跡；或者貼切地說，沉默已成為習慣的奴性時，用什麼來牽引那若隱若現的良心？

我漸漸對作為一個管理員的職責厭怠起來。如今，已見不到純然暴力式的管理者；規定的工作量是一道比暴力更具效果的頭箍。一個工人達不到規定的工作量，管理者只是平板的甚至善意的警告他。在一種人為的律則下，他們是同命的傀儡。當然（我不會忘記），他們具有自由選擇的權力；但仍待有個足備供選擇的客觀現實罷。環境的色調無形中貼入人的心靈；我願意是個如此底樂觀論者：只要有一個適於個人的環境，即足以成就一個健全的生命——。

我很疲倦：對於一個站駐角落的旁觀者，最大的痛苦即是不時心虛底感到所思想的只是一種踏空的論點，與現實無關。

我十分戀著古厝，在思念中感覺一種奇異的暖馨。

母親積極地為我進行著媒娉的事：是一位樸實人家的女兒。我已不再多想；我畏怯自己曖昧的空想的性格。第一次見面時，我心慌地避著女孩那樣澄澈的眼神。婚禮冷清清的，廳堂中不時聽到母親重重的咳氣聲。

隔年，妻產下一男嬰：那是母親最後的慰安。

運河傍，櫛比著一片墓棺，在太陽光下閃射著水泥汀無言的慘白。如今，母親就在這兒。黃昏時候，總有出航的船舶駛過。「它們航向美麗的未知的海，」但，母親會這麼笑著續說，「然後回來。」運河對過，荒草與田畦更遞的原野，墓色一路昏濛過去，盡頭是屋宇連天，灰褐褐一片微小起伏。我爬上棺槨上頭，踮腳張望：自其中，母親如何辨認我們的屋厝？

喪假無止期地延續下去，我不再赴職工廠。二叔自此消失，從未再於我眼瞳所能反映的世界出現。血緣的親密是永世不能隔絕的麼？「是的！」母親必定如此回答，「我相信，永——。」廳堂一直留存著昔日苦讀古書的痕跡，線裝書一小丘一小丘堆在供桌上，有幾本書頁攤開來。我逐漸習慣在廳堂內久坐，無意識底等待著：夜色罩下，恍惚，線香的微光將書頁上文字匯成一道道冷炙的紅流；心頭因由著溫熱起來，蠢動著一種無助的、恰足以慰人的淒清。——血緣的親密是永世不能隔絕的麼？

我悄悄擺起地攤來。清晨，將一綑綑古書在孔廟赭紅色外牆邊羅列開來。總有幾位散步的老人過來寒喧，斷續微弱的聲音屢被前頭振耳的車聲截斷。午後四時，一群群學生路過，像撞見稀有的事體般停下來吱喳著；偶爾有人彎下腰來，一邊翻閱一邊驚詫地吐著舌、扮著鬼臉。大半時候，我無聊底盯著斜對過「東大成坊」的門樓，以及出入其下噗來噗去的機車。

我無聲無息地將地攤移至赤嵌樓傍的一角。那兒充溢著市廛的繁囂，人們來來去去，一輛輛大型遊覽車間輟底開來。書攤前流連的人多了起來，嘖嘖讚嘆著，口中發聲著殊異的語言。直到一天，一個西服鮮亮胸掛小牌子的長髮青年走過來道：「岸介先生要整批購下你的書，」背後跟著的中年人頷首著。我驚愕得無以作答。

我匆匆頂下一輛二手的速霸陸車。妻那樣搖頭笑道：「顛狂。真是顛狂……。」清晨，我早早下鄉：我相信必然還存活著隱逸的耕讀者。婦人零落地出來觀望，一張張失望的臉龐；有個戴斗笠手攜鐮刀的年輕女子好心底：「何不賣些針、線、花布呢？」在某個小鎮，一個中年婦人朝旁觀的人嚷道：「咦，我家以前也有這種書，孩子伊爸當廢紙賣啦！」我心惶惶起來，在郊野路上急駛著。我趕著回去：遲一步，古厝會在都市中消失……。

我蟄伏著，似在等候什麼。妻委婉地建議，在保險業愈來愈隆盛時日，她可以繼母親成為出色的保險推銷者。我再不願妻臨近那樣的事業：金錢的補償或重建能取代喪失的事物麼？然則，妻說，「我們要儲錢，要讓兒子受最好的教育。」

妻心中有張關於未來的藍圖，她期望兒子長大是一個建築師。但，我想，首先展開在他前面的，是必要青光著頭顱苦讀教科書的漫長的六年……。我無法詳述我希冀作為一個人的理想人生與人世；但我期望兒子作一位睿智的改革者的一生。

我振作起來，在外頭兜轉著尋覓工作。某日夜晚，在市中心的騎樓下走著，突然被書攤上掛著歪歪斜斜的地圖吸引住。我呆駐著，無意識地用手捻翻著綠色的封套：當然這些地圖是將傳之後世了，而古厝、我的古厝如何在地圖中定位？有一縷歌聲，自木架上小電視機傳來：

我們隔著迢遙的山河
俱盼望著…………
…………
…………

騎樓外喧嚷著市聲。電視機前，穿藍布褂的老人打盹著。歌聲複沓起來：

我們隔著迢遙的山河
俱盼望著…………

一陣酸熱襲上眼眶，剎那間我激動得不能自已。我牢記著那首歌。而後，行走在街上，或在廳堂獨坐時，一種情緒聳動著，不知不覺哼唱著那首歌。

後來，終於找著了工作。我趕著回去告訴妻。那是暮晚時分，妻已燃起線香，孩子一邊作著功課一邊口中咿呀著。「是昔時的檢字工作，我特意找回的，」妻聽著笑了。「我喜歡那工作！」孩子咿呀聲大了起來。妻柔聲笑道：「來，啥麼歌，唱給媽聽。」孩子靦腆底在妻懷裏鑽著好一會，而後偎著妻唱起來：

我們隔著迢——遙——的——山河
俱盼望…………………

變了調的嗓音裏，有一種執拗的清純。

——一九七八年

牡丹秋

序詩

有人自麥粟叢中頓首而歌
掀開去夏的沾襟，窺視
你的酣睡是匆匆到來的星圖
子夜之時，我守候一如震顫的茉莉
環繞你建築一道馨香
星崩如城傾，揑塑
我的雙睛貼切而成你胸前的新月

睜開你的眼睫，又是
靜止乍裂的時刻
嘩嘩的流聲裏埋藏著你游絲般
直至，嚇人的狼嗥迤邐而去的
終結。

A、楔子

這向晚的秋，在灰敗的屋簷下環視我的身影。我已鶴臨多時，當微紅的燈光自簾幕后消逝的那剎，我將舉步，緣窄梯而上，那燃著燭光的閣樓裏躺臥著一片我亟欲征服的領土。

我無能知道，那婦人與紅髮的爭執將延續到何時。一個仁慈的母親和叛逆的女兒，她怎能了解她的女兒何以堅持要過一種獨立而刻苦的生活？我以為：這種僵持只是一種無意義的姿態，那婦人終必寂寞地步下窄梯，消失在小街轉角。我不同情那婦人，即使那種寂寞與挫敗裏包含如何深沉的悲哀。假如我有凡俗所謂憎惡的話，那種以愛、親情或自身的道德觀念來局限別人的，是最最不可原宥的人。

那婦人必是午后來的，這已是第四次，如今她將以何種說辭企望蠱惑紅髮的心靈？我明白，在於她，親情是唯一僅存的武器；她相信無止盡的哭訴與哀求必能摧毀某種意志砌成的堡壘。對於這種愚蠢的執著，我只有感到淡淡的無奈與哀憐。紅髮不屬於那類輕率的女人，她有冷靜的頭腦與良好的分析能力，當她欲揚棄或攫取某種事物時，她能表現出無比撼人的勇氣與意志。我料想此刻閣樓裏的景況：親情與某種莫名力量的抗衡。最后，紅髮必以死來要脅她的母親。在這種爭鬥裏，死亡是較具威勢的，在那股巨大的勢力下，親情不得不收起它那哀傷而喧囂的容顏。

我已說過：這種僵持是無意義的。結局既已命定。

因之，這守候著實令人厭煩。在紅髮與我的共同生涯裏，嚴格說來，這是一種無意義的浪費，好似生命受外力的阻擾而暫停擺盪與前行。對於我，這是不能容忍的。設若，紅髮是一個「自由人」，那麼我們能任意地支配共同生活裏的每一個時辰，並且測知我們的未來必是一串自由、變幻與魅人事件的組合。然而，紅髮非是。如今，親情是某種難以治癒的瘧疾，間歇地侵擾著她，並且無形中腐蝕著我們的生活。

或者有人抗辯，我之所謂「自由人」是不存在的。他們的立論是：在現實生活裏任何人不可能切斷與別人的關聯；那種關聯是與生俱來的，並且隨著年齡的成長逐漸蔓延擴大，終將影響個人的生涯。

然而，我堅信：「自由人」是存在的；而且企望努力成為一個「自由人」將是現在，不，未來的一種不可移易的趨勢。如今，活著唯一莊嚴的事，便是重視我們生命的價值；因之，個人的生活方式，並非純然受環境的左右，而必須加上智慧的抉擇。我想，他們之所以抗辯我的理由，在於他們昧於現在人們普遍隱伏著的需求；他們以過去衡量事物的標準來支撐著脆弱的理論基礎。我以為，迷戀過去的生活是無濟於事的；如今所謂美德，判斷事物價值的標準以及人際間的關係，俱有重估的必要。當一個人對一切事物有新的認識而追求新的理想生活時，如何自由地抉擇生活的方式而且堅定此種抉擇方是重要的，過去的一切不能忍讓它而成為新生活的絆腳石。

我明白紅髮企求新生活的勇氣與決心，但是紅髮畢竟是一個女人，具有那些憐憫哀傷與易感的特質，她不忍心拒斥曾經一度縈繞她周身的感情；雖然此種情感的再現頗不利於對新生活的追求。我知曉她那種委婉應付的心情，但我以為這是不明智的。我相信這種抗衡的情勢必不能維持多久。若紅髮不盡快的棄絕它，那麼她的過去將拖返她回到她一度摒棄的生活。

我從未與紅髮談過這些。我慣常以自己的能力來衡量別人。尤其紅髮，一個與我共同生活的女人，我斷信她必與我有同樣的認識與能力。但如今，我有憂慮：那婦人的降臨顯示那種情感有如抽刀斷水般無以遏抑。問題不在於紅髮的意志堅強與否，我憂慮的是那種無止盡的騷擾。

這是我們共同生活裏的危機，紅髮既無能解危，我便挺身迎擊它。我不再如前的緘默，雖然沉默裏包含我的卑視與憤怒。當那婦人自閣樓出來時，我將迎她而立，在秋風裏一遍又一遍地向她訴說：

我、紅髮、不渝的愛。
不可變易的抉擇，意志以及
生命的價值與生活的方式，
所謂「自由人」，

1

他與她走在熙攘的人群裏，他不時拉她避開虎虎衝來的車輛。有一次，他閃躲不及，一輛車的把手猛撞他左肘，她慌忙彎身欲審視他的傷痕，他微笑輕搖頭阻止了她。自此，他便皺著眉頭。他不習慣這種繁雜與喧囂，他工作的小鎮一直是寧靜而荒涼；假日偶爾他到那個大城，也只在幾條秩序井然具有異國風味的街道流連。他料不到家鄉變化如許，已略似一座大城市的規模。他有種說不出的愁悵。然而，他原不在乎這些；這次回來，他再次肯定青園與林場是他最最戀眷的地方，那種搖曳的秋情與緬遠的思緒，是他尋求的慰安。

她一路緘默著，偶爾偏過頭來瞧著他。他帶她穿過層層擁來的人群與車輛，此外，並無十分照應她。當他與她見面的那剎，他已了悟她不是那種柔馴、亟須保護的女人。在於他的處境，止於知道她是那類沉默、真率而類乎成熟的女人，已是足夠。他無意去陳說那些尋常的話題，諸如她的背景、喜惡等等。他相信此刻她在他身邊，是緣由於一種自然的契合，而非外在的因素或他們自身軀體對異性的需求。對於她，唯一他能確定的是：她具有與他相近的生命特質，這種特質促使他們接近，並將可能導至他們未來的結合。他熟習如此契合的方式，在他的經驗裏，幾乎是一種不可移易的規律。

他又走在通往林場的路上。她對兩旁一直延伸而去的整片交纏著藤蘿的綠林發出驚嘆的讚辭。他微笑著注視她喜悅的表情。他原本要帶她去青園，向她揭穿適才那個謊言。但他想，她必不能突然接受mother 移居青園的事實；她將如何貼切地表示她的哀悼與對他的同情？況且，他已習慣將之視為一種自然。生存者的悲悽與哭泣，對mother 已無意義。那悲泣與其說是對逝者的傷悲，不如解釋為釋放生存者本身久被禁錮的情感。這種脫逸囚籠的事實，是整個事件裏唯一具有意義的事，它自生存者發出而歸返於生存者本身。他回想那年中秋前夜，他一路傷泣著回家，對著車窗外漆黑的原野，他感到一陣蝕骨的哀慟。如今，他仔細分析起來，他的傷痛實緣由於mother 為他建構的那個溫馨世界的崩潰，那種突來的潰滅令他感到驚惶、茫然與深沉的悲哀，而非為mother 本身。

然而，這是否為他向她撒謊的理由？那一刻，他打開門，一個陌生的女孩微笑著柔聲說：

「我來看陳太太，我媽媽託我順道問候她。」

他怔了一下，微皺著眉頭。

「她不在。她——她上市場去了。」

「哦，那真不巧。」

「有什麼事？我——我可以代你轉告的。」

「不必。我不忙，我可以等會兒。」

他只好帶她到客室。他在廚房轉了許久，找不著什麼可以招待客人的，就放張唱片他心愛的曲子權充歡迎她。她拾起一本雜誌翻閱著。他坐在她斜對面的沙發冷靜地觀察她，並估量著怎樣彌補他的謊言。

有段長時間他一直凝視她。他發覺她的模樣是相當不錯的，碎花襯衫大紅短裙垂胸而帶紅棕色的長髮，修長的小腿優雅地疊靠著。他想不出mother與她的母親有何種關聯，他從未見過她。

他意識到音樂轉換成一闋快板的曲子，他不喜歡那種急驟奔騰而來的音響，他站起身「拍」的一聲扭掉開關。

「咦，怎麼不聽呢？音樂蠻好的嘛。」

倏然的靜寂裏，響起一串溫柔而低沉的嗓音。他尷尬地重新扭開唱機，無聊地坐下。以後，他唯一可做的便是專心地凝視她。隔了一會，她顯然意識到他的眼光，她有點侷促不安。有二次，她仰首撫弄她的長髮。他還是凝視她。終於，她微笑著開口道：

「你帶我去走走好不？這是我第一次到這兒。」

他就如此跟她出來蹓躂了。

因之，他的謊言與他們一起出遊同樣，並無特殊意義。那一剎間他只是順口而出。

也許潛意識裏他不願接受降臨mother身上的事實；他只承認：mother移居青園，移居，而非凡俗謂之死亡。然而，他如何向別人詮釋這些？況且，詮釋是多餘的；如今，他已將青園視為心靈深處的一處隱密的住所。

九月，林場的天空恆是大片大片的亮藍，陳舊的木材零亂堆積著，無數的鐵軌像馬路上突然冒出的小孩，歪歪斜斜地追逐糾纏著。他帶她沿一條筆直的軌道走去，左傍木麻黃林蔭的那頭，停著四、五個車廂，幾個著灰衣的工人穿梭著。他察覺空氣裏散漫著一種濕潤而滲著清香的氣息。他愉悅地告訴她周圍飄浮著某些東西，她細心地聳動鼻頭，而後微笑地點頭。他想，清香是木麻黃那邊剛曳下新材的香，而濕潤大約源自埋藏於舊材裏的水份吧。他如今還能意會到童年那種熟悉的感覺。那時，他不知道軌道從何處來，亦不知往何處去；如今他知道軌道的盡頭是層疊的山巒，那山對於他存在著類似童年時的感覺：神祕而魅人。

黃昏時候，他帶她踏上返家的道途。一路上他喋喋不休地向她訴說著關於他童年時的種種。路經那所中學時，他還興緻孜孜地拉她步上校門前那段斜坡，而後快速地奔跑下來，像他年少時放學後常做的那樣。她不時微笑地緘默著。當步過一個候車站時，她突然停步：

「我不想去了，我想馬上走了。」

「為什麼？」他有點驚異。

「也沒什麼。只是我忽然想，像我現在的心情，是不是能完美地說出我媽媽的囑託？你知道，那是一類客套的話。」

「我明白——mother會了解的。」

「你說什麼？誰了解？」

「我是說，我母親會了解的。」

「哦！」

候車的時候，他兀自沉思。當他看到公車黃色的影子於街角出現時，他轉身緊緊地盯著她。

「妳——妳叫什麼？」

「我？」

她抬起左手，用指尖撫弄著髮梢，微笑地凝視他。突然她將長髮一甩，歪斜頭笑說：

「我是——我是紅髮。」

2

「我在想，是什麼東西，使我那麼遠就認出你？」

「嘿，我竟然沒有看見妳。人那麼多，把我搞得頭昏昏的。」

「不知道是你走路的樣子，還是你的神情？」

「甭管這些。我們又碰面了，就是個單純而可喜的事實。」

「單純？不。我不這樣想。你知道麼？我又去一趟你的家。」

「妳？」

「大約半個月後去的。我原想去肯定一些與你分別後我意會到的，情緒吧。但你不在，我只得知那件殘酷的事。」

「我那時並無意隱瞞妳。」

「你有你的理由，我不在意。只是我有點不能相信。」

「唉，讓妳空走一趟，真是——。我很少回去，回去又呆不久。」

「其實，找你不著還是一樣；我自己一個人憑著一點印象，居然找到了林場。」

「咦，妳又去林場，林場怎麼樣？」

「一樣的，那種味道。」

「妳找到沒？那條通往阿里山的鐵道。」

「沒有。」

「下次一定告訴妳方法，不難找的。對了，後來妳怎樣回去的？」

「……」

「又是到那邊搭公車？」

「我離家了。」

「……」

「怎麼？」

「我，我，聽起來有點嚇一跳。離家？自己一個人？」

「嗯。」

「在這個大城？」

「嗯。」

「暫時的？」

「不，我想，是永遠的！」

「我，我不知道怎麼說。我好像從沒有作過這麼大的決定。但我可以想像：那除了勇氣之外，還需要一些別的——別的什麼。」

「我想了許多天，決定離家。但我還須肯定一件事，我就去找你。」

「我——」

「找不著你，我很失望，我以為再也見不到你。但離家的決定是不變的。我想我很幸運，在這裏又見著你。」

「肯定那件事是不是很重要？」

「是的。」

「那是不是太冒險？我覺得有種孤擲一注的感覺。」

「不，我不那樣想。即使被否定，並不影響我的新生。離家，新生與那件事是同樣重要的。」

「我想——」

「我相信我的眼光。我了解你是如何的人。你必不會因憐憫別人的處境而歪曲你的感情。所以，我也無意告訴你我的家世、背景及關於我的種種；那是過去，你必不屑知道那些。而，我要的正是這樣，我第一次看到你就有的感覺：蒼白、抑鬱，但一點也不願違背自己真實的感情！」

「我剛才是想說：我們該走了。」

「哦。」

「咖啡已冷；況且我還要去一個地方。」

「那——再見了。」

「等一下。

我是說，我想去拜訪一位叫紅髮的新的家！」

3

十一月末梢的夜晚，他與紅髮斜倚在床邊，共同讀著一篇關於現代舞蹈公演的報導。緣自評論裏那些美好的讚辭，他有一種喜悅，他覺得那可能是一個轉變的契機，新奇與特殊風格的事物，逐漸能為大眾所接受。他興奮地向紅髮揭示他預先測知的美景。他相信，在未來某個時辰，藝術創作將被公認為一種崇高的表現形式，藝術家於他立足的社會裏，能得到更多的尊重與自由；尤其是人們對新奇與詭異的事物，將不僅僅是無知地排斥它，而可能轉換一種較審慎的沉思的態度。因之，那舞者演出的成功是具有深遠意義的。雖然，在此所謂成功僅僅衡之於評論者的讚辭，無足以論斷舞者本身藝術表現的成敗；但至少可以肯定：演出的內容與形式能為大多數觀者所接受。「演出」的意義即在於此。就舞者本身而言，他的演出只是平時練習的延長，只有表現程度深淺的差別；當舞踊的那一剎，舞者與舞匯成的形像，呈現出舞蹈的藝術，而且也僅止於此。所謂成敗是外涉的，就舞蹈本身一無意義。若舞者無視觀者的存在，那麼演出便失卻了意義。況且就某種角度觀之，在演出的過程中，唯一新奇與魅人的是觀者身上那種變幻不定，不可測知的情緒之激發與飛馳，而非舞台上的呈現；因為舞台上的呈現，大約只是一種經驗再現的過程，嚴格說來，已無新奇與神魅可言，較諸觀者身上產生的變幻是微不足道的。他以為，演出的意義與價值應該以此種角度觀之。他期望有一日，觀者能意識到自己不僅僅在觀看一齣演出，他本身的變幻便具有一種藝術的特質，在演出的過程裏，他同樣是一個演出者，而他的思維便是廣大的舞台，當演出結束後，他適才的演出能帶給自己一種新的認識與啟發，而不只是站在一邊孜孜地批評演出者的成敗。

藝術與社會兩者交融無間，那是一番如何的景象啊！他覺得心中像有某種東西蠢蠢欲動，他不禁滔滔不絕，他思考著選擇各樣的辭句，向紅髮描繪那魅人的美景。而紅髮逐漸地被他的興奮感染了；她彷彿覺得她的血液開始奔騰匯成一條嘩嘩的河流，這一刻對她而言是一種新鮮的經驗，她從沒有看過他的神情如此放恣舒展著，她知道這不是那類生活裏常有的小小的喜悅，這是一片廣大的原野，原來屬於他生命的，卻從不輕易展露。即使那夜，他初次於床上攫取她的時候，她也沒有體會出如此溫柔而浩瀚的感覺。她微笑著默默地凝視他。他還是忙著將自己的思維組織簡化成一串串晶亮的語句，從她濕潤的眼神裏，他覺得全身充滿一種感情：溫暖，寧靜而幽遠。

他隱約聽到一陣細微的敲門聲，他注意到紅髮微偏著頭似在傾聽什麼，臉上帶著疑惑的表情。他想也許是他或她的錯覺。他正想跟紅髮笑說那是秋夜裏不甘寂寥的風聲；然而，這次一陣密集的喀喀聲清晰傳來。紅髮轉過頭來疑懼地盯著他。他相信他與她的朋友中沒有任何人知曉這小屋的住址。

他緩緩地站起身。

「我來開。」

倏地，紅髮拉住他的手，將他按坐床緣，急促說道：

「我開好了，你看你的書。」

紅髮走到門邊，猶疑一下；而后，將門一把拉開。紅髮「啊」的尖叫一聲，他驀地驚跳起來。

「阿雄要我來找妳回去。」

那婦人閃身進門，紅髮猶立在門邊，一手扶著門緣，呆望著那梳著髮髻，穿黑色風衣的婦人。

「阿雄說，只要妳回去，就不計較妳跟那男人的事。」

那婦人的眼睛朝他一溜。他沒有理會。紅髮仍呆立著。

「阿雄說，那種男人不會對妳好的，那種男人什麼事都會做得出來。」

那婦人的語氣滿含不屑與譏誚。他抬頭以凌厲的眼光逼視那婦人。對如此輕率而無禮的闖入者，他感到極端的憤怒與不幸。

紅髮將眼光移向他。她察覺他那種異樣的神情。她一把奔過來，用充滿歉疚與憐愛的眼神撫慰他。他輕搖著頭，無奈又帶點自嘲地對她露出少許的笑容。他緩緩地坐下來。紅髮跪坐在他身旁，將頭深深埋在他的膝間。

那婦人向前一步，想說什麼又噤住。隔了一會，柔聲說道：

「小青，跟我回去。」

紅髮兩肩聳動一下。他低頭撫弄她的長髮。

「小青，跟我回去！妳看妳這個樣子，除了一張床，什麼也沒有，妳怎麼過日子？」

紅髮猛地轉過頭：

「我不會回去。不要求我。妳回去告訴他，既然離開他，我不會再回去！」

「小青，不要這樣，聽我一句話……」

紅髮用力一甩首，長髮乍開似怒放的花。

「不要求我。請妳回去，請妳——」

那婦人走了。她下樓時踩著木階的響聲，單調而清晰。

紅髮無聲地啜泣著。他感到一陣茫然混亂與莫名的不安。

「不要求我。請妳回去，請妳——」

這是第一次：

他聆聽到迸發自紅髮的，淒緊嘶裂而倔強的嗓音。

4

假日早晨，他醒來時，紅髮還酣睡著。他屏息著悄悄下床，紅髮翻轉身，又沉沉睡去。

書桌上還亮著燈，他隨手拍的一聲將它扭掉。他揉著眼坐下，灰暗裏橫在桌上的還是那堆繁瑣的會計資料，他皺著眉頭審視那些排列在格子裏的數字，但他一直窺不出什麼端倪來。紅髮已花費了整整三夜，孜孜於那些數字的計算與整理。他強烈地覺得，浪費那般美好的夜晚於如此枯燥的工作，除非基於理智的抉擇與外在的逼壓，否則必是無法忍受的。然而，以此觀點論斷紅髮不免失之輕率，他隱約覺得支撐著紅髮的另有一些強韌而撼人的東西。

昨夜，他還是獨自上床。他曾嚷著要幫紅髮做一點零碎的事，紅髮仍是笑著拒絕他，絲毫沒有妥協的餘地。半夜他醒來幾次，見她的側臉罩在一片昏光中，心裏總泛起一股柔情；他幾次想開口要她歇息，但迷糊裏他意識到她那種堅決的神情，他自然打消喊她的念頭。其實，他已逐漸習慣如此，讓紅髮獨自去應付那些外在加諸於她身上的事。譬如至今，他不清楚阿雄與紅髮之間到底有任何的牽連，她沒有告訴他，他也無意提及；他們之間，似乎存在著某種默契，他不與聞這些事，他確信紅髮能完美地應付它。

他走到窗邊，在暗紅色厚重的窗簾前站立。昨夜下著小雨，他猜想今天是晴日或雲雨的天氣。在他內心，他悄悄祈求著後者。前些日他們就計畫好今午出遊內溪，他渴望再度體會雨中行走山徑的感覺。他閉上眼睛，將手往上一掀而後迅速落下，再緩緩睜開眼睛，自嘲地微笑著。他打算叫醒紅髮，紅髮喜愛晴美的陽光。他思考著用某種特異的法子來驚醒紅髮。

當他剛掀起被巾的一角時，他發現紅髮的枕邊斜壓著一張紙條。

「讓我睡夠，陳，下午你自己出去走走，晚上陪你看電影。」

他隨便套上一件灰衣，輕輕地打開門，輕輕地闔上。

他一眼見到碎花花的陽光熙熙攘攘地撲將而來。

整個下午，他在那條書店林立的街上流連。起初，他買了里爾克的手記和一本關於舞劇與古典舞蹈的書籍；而最令他高興的是，他在靠近車站最後一家書店的書架底層裏，發現了一本覃子豪的詩全集。他愉悅地夾在人潮裏漫無目的地走著。英文出版社。全錄電子。美心士多。他雜亂地想著：里爾克的生涯。濱海的城堡。詩人與詩。何謂不朽的作品。在杜英諾悲歌與覃子豪的黑髮橋之間究竟有多少差別？他察覺有一個人一直在他身傍，亦步亦趨。他停步，轉身。那是一張他曾經一段時候沉迷過的熟悉的臉。

「我剛買了整套保羅．沙特的書。」

他跟她走了。整夜他沒有回去。他一向如此，除了詩情之外，他喜歡如「伊樂斯特拉士士」裏揭示的那般扭曲的人生。

5

有二個時辰，他一直監視著那物體。灰濛的氤氳中，他始終分辨不出它確切的形狀。他只確知：那物體像顆鑽石般嵌在他小腹上頭。他幾次想伸手推開它，當指尖即將觸著物體的那剎，他又感到無比的躊躇。這整個詭異的情勢，令他侷促不安；但另一方面，那物體自身具有某種溫暖柔潤的特質，像泉湧般源源不絕地注入他的體內，他間歇地感受一陣陣遏抑不住的顫震，那一刻他全身充滿一種奔放舒如的感覺。他曾經遭逢過類似如此怪異的處境，那時他同樣感到惶惑與畏怯。如今他嘗試對過去的經驗加以分析，他逐漸了悟這種惶惑與畏怯的感覺，僅僅由於人類對陌生的事物具有某種排斥的本能。其實不可否認的，陌生事物本身擁有一個未知、遼敻的世界，神祕而誘人。

然而，類此的解析，僅僅能詮釋那剎間他何以顯示出那般的猶疑。當他察覺那物體不知不覺中上移至臍孔與胸骨之間時，他的解析方法已無法解釋它何以具有如此變動的本質。他已仰臥多時，那種震顫還是持續著。愉悅的感覺像潮水般擊打著他的軀體。他感到一種異樣的疲乏，他逐漸陷入一種昏暈的狀態，似被拋擲在一個無邊而陌生的世界裏。他意識到自己已喪失了自主的能力，一些奇詭的事物恣意地飛翔在他的周圍，並且自由地進出他的軀體。他彷彿看到一些迷濛的幻象，走馬燈似地在他的周身迴旋。他嘗試再度運用他的解析能力，然而他發覺所有依據理性而延伸出來的方法，在此已失卻了它原來的功能。唯一他能做的，只有直接攫取片斷的印象，再加以簡單的連綴與整理。他將幻象本身所呈現出來的現象歸納為如下三類：

幻象的基本構成因素：A、B及各式之圖騰。

一種圖騰象徵某種特定的事物或思想。

幻象之一：舞台分割為二，AB各屬不同的舞台。二者毫無關聯。

A隨意地扭動著。舞姿不受局限。

B之周圍飛繞著許多圖騰，B之扭動在在受圖騰的牽制與局限。

幻象之二：舞台融合為一。

A與B互相配合扭動著。二者都是舒放自如的姿態。

舞台仍為一。

幻象之三：A與B之周圍逐漸出現著圖騰，而且數目漸增多。

A扭動身子，迅速逸出圖騰之包圍圈。
B激烈地扭曲著，卻不能突破包圍圈。

他期待著第四類幻象的產生。他相信就整體言之，所有幻象的組成，必具與事件發展形式同樣的結構，大概包括起始、過程與終結。然而此刻他陷在昏暈的狀態；他無法肯定他歸納出來的幻象之中何是起始？何是終結？抑或三者俱是中間的過程？他想他可能遺漏了某些幻象。設若他能攫取全部，那麼也許他能找出它們前後的關聯，並由此約略窺知它們所象徵的意義來。

就在這一刻，他突然感到一陣抽筋似的酸痛，在他四肢內恣肆著，並且逐漸蔓延至他的軀體中心來。他垂眼探視，發現那物體正壓在他胸口，而且他隱約察覺那物體逐漸沉重起來。他再度審視它的外型，這次它呈現出多角的嶙峋的輪廓來，並且自那低陷漆黑處閃射著幽微的光芒。他想作一番仔細的觀察，他朦朧地覺得那物體與幻象之間必存在著某種關係；是否為一種引發的或者可以彼此引證詮釋的關係呢？他感到那物體已如巨石般沉重，逼得他透不出氣來。他扭曲著臉孔拚命轉動身子。那物體仍巍峨般地置立。他本能地伸手抓住某些東西，用力向它摜去；突然那巨石化作無數尖銳的小石塊，四面八方向他襲來。他無法閃避，他只用盡力氣「啊」地一聲；那一剎，他的夢境便告終結了。

6

他將工作拋在一旁，整天他伏案桌前。黃昏時候，他完成一首詩。

他匆匆出來。在一家雜貨店，他買了四綑銀紙鉑。然後，他繞道老街盡頭，踅進一片樹林裏。

在灰黯的林內，他默然徘徊。最後，他選擇一塊鋪陳著蘚苔底頑石坐下，頷首沉思。

他等候月光的降臨。

他燃起紙鉑，火光映照他青冽色的臉龐。他半跪著身子，垂首凝視飄搖不定的火焰。當月光將微紅之餘燼圍成一個小圈圈時，他仰起頭，聳動著喉嚨，沙啞而輕悄地默念那首詩：

這冷冽像白紗的

月似童年您晶亮的眼
吾嘗痛哭，白日丟失的
玻璃球，夜夜
泰半在吾紫黑的搖籃
……

這是中秋前夕。

他到達小鎮車站的時候，正好趕上開往那座大城的最後一班車。

結局

這守候的過程裏，我的雙眸早已幻化成閣樓上的四角方窗。那紅燈終於熄滅，我彷似聽到扭斷開關的音響。那婦人即將出現，我將以何種姿態，何種莊嚴而動人的言辭，向她揭示我們的理想，並且對她的挫敗與不幸表示我個人誠摯的慰安？

我將自己藏身於灰暗的角落，我的視野正好能明晰地窺視閣樓的出口。一陣隱微的足音之後，那婦人出現於騎樓下，手裏攜著一個暗紅色的小提箱。她駐立仰首注視著裏邊，似在迎候木梯上某種事物的蒞臨。我覺得迷惑，那婦人的景況非如我所預料之寂寞與迂緩，況且即使紅髮出來送別，那婦人手上那暗紅的提箱，紅髮的提箱又如何解釋？從那婦人蹺首期待的姿態，我意識到某種意外事件的降臨。我有一種窒息般的感覺，我僵立著睜大眼睛凝望即將發生的變局。

我不能確定，那低沉而帶著絕望的低呼，是否源自於我的喉嚨。紅髮出現了，一只黑色大皮箱緊緊握在她手上，像不可切斷的繫連。那剎間，我感到我的血液倏地凝止成條冰凍的河流，全身充滿一種麻木休克的感覺。

我想衝過去，兀立紅髮面前，用我炙熱的視線纏繞她的眼神。但是我清楚地看到紅髮冷靜而淡漠的臉龐。當她們自我身邊走過時，我禁不住柔聲地一遍遍呼喚著紅髮。紅髮似沉淪在另一個世界裏，她沒有聽到我低微的嗓音。她像陌生人一般走過，絲毫沒有察覺我駐立在漆黑的顫動的軀體。

我不自覺地隨在他們的後頭蹎躓了幾步。紅髮離我愈來愈遠。終於她走到小街的轉角，一轉眼即將自我的視線消失。我疲乏地闔上眼睛。昏黑裏我感覺一個熟悉溫暖的世界自我眼前無聲崩潰。我虛弱地揑緊、揑緊拳頭……

哦。紅髮。

B、餘韻

「那個秋日的午后，我偶然上街購物。當車行在那具有異國風味的街道時，我不禁湧起一種類似少女時候的浪漫的愁情。在某個街角，碰著紅燈，車緩緩剎住，我擺頭望向車窗外，忽然我發現竟然是你，就坐在紅磚道上那泛白的鐵椅。

「我有一股衝動，想一手推開車門，奔過慢車道，看你黑褐的眼睛散發著如何一種神采。倏然，車又緩緩滑動，我見你的身影逐漸模糊，我只感到一陣茫然無助的感覺。我原本可以在下站下車，越過一段紅磚道奔向你。但我沒有那麼做。你一定了解那種無助的感覺，一種莫名的力量阻止我奔向你。

「沒有想到，再見你竟然是這樣，只是一次紅燈與綠燈間短暫的間隔。在滿街車聲中，我從你灰褐色的衣袂裏，體會出一股無以名狀的寂寥。至今我後悔沒有下車好好的看你，即使不說話，我也能自你變動的眼神裏察覺你生活的輝燦或頹唐。我寧願你過一種輝煌的生活，否則我必深深責備自己不應離開你，給你重大的創傷。

「我想，你必明瞭我之歸返完全為情勢所逼。我承認我十分熱愛那種自由與愛的生活。至今，我戀眷我們相處的那一段時光，那是我一生裏唯一感到愉悅的時刻。但是，這個世界除了你之外，還有許許多多事物，它們同樣企求我的眷顧，不分日夜地在隱微之處召喚著我。我覺得那種哀求的、剪不斷如游絲般的召喚，是我們共同生活裏的一道裂痕，微小而存在。

「我一直擔心：我的歸返是否給你挫折的感覺（我的退卻不也暗示著：有一日你亦有自你堅持的生活方式中退卻的可能？）但是，你實無須慮及於此，你自身環境的單純，使你容易專注於你的理想。過去如此，未來亦必如是。然而，外在因素是強悍的，你雖不願承認，但它無形中左右一個人。

「不要責怪我的母親。沒有她的出現，我必然作同樣的抉擇。母親並非不明事理的人，她只強調責任。是的，責任。我寧願負起責任，而不願讓歉疚在未來鞭擊著我。

「想不到隔了許久，提筆寫信予你，還是如此的激動。我原不想解說什麼，企求你的了解。我只是想告訴你，又見你是我這些日子裏不能平靜的唯一的緣由。此外，還有一件事，我一直耿耿於懷亟想告知你的：

「我以為，以你的方式，美麗的方式邂逅的女孩，可以給你一段美麗的時光，但終不是適合成為你妻的女人。有一天，你將了悟：誠誠懇懇地追求一個女孩，造一個溫暖的家，亦是一條可行的道途……。」

C、告白

鏗然鐘響，煙霧裊裊中，有人開始咿咿哦哦。
那廟祝披散烏髮，黃袍聳動如波。
五帝三皇地藏菩薩呵，魂來歸兮。
（他走在黝黑的山徑，這莠草怎生如此密集？）
上香。躬禮。再上香。
（mother 冷冰冰的聲音：汝何在？青園已破敗如廢墟。）
咿呵魂來兮。
咿呵魂來兮。
（mother 的臉慘白如月光，凜冽的風掀起她的白袍。）
（汝何在？汝何在？青園破敗如廢墟。）
咚然一聲，
廟祝擲下木鐸，慨然長嘆：
「聖靈倔強，足見汝心之不誠；請齋沐反省數日，汝再來也。」

他施施然離去。弦月光彎彎地擊打他的背脊。

巷口，二個男子在爭吵，一個婦人勸架，

旁觀者築起一輪牆；

他自缺口越過。

市聲像把利刃戳穿他的胸口。

他低頭疾走。有二次，

著高跟鞋的女人無理地擦身而過。

他立在某個定點。

車子呼嘯而來。靜止。呼嘯而去。

他選擇某個空曠的車廂。他燃菸而上。

他落坐角落陰影裏。

有個聲音說：唉唷，七月那般颱風哇，吾家倒了一棵樹！

他自言自語道：

「mother 您凌厲的眼神，別撲將過來。」

他將菸攏在右掌心，用力捏熄。

痛苦閃電般襲來。

（那年，他逃課返家，mother 盯著他：我擔心你的性格；什麼性格遇上什麼事，什麼未來。）

有一群人上車，散坐左右；

他猛地起身，衝下車門，

逃逸。

騎樓下一道道人牆。他沿邊

逆流而上。

（冬至，他幫mother 搓湯圓；每次，mother 要他搓得圓溜溜。）

他忽地轉身。佇立。

有某種東西自他背後推擠著，

他不自覺挪動腳步；

mother：看吾，看吾順流而下！

mother：取吾手，取吾足，取回吾琥珀色的雙睛！

mother：吾不需舵。

吾順流而下——

（那個秋日午時，mother移居青園，他一路傷泣如垂柳。）

有人倚在大理石的門邊，呼喚他的小名，
他無言地注視，
他任人家拉他入佈置堂皇的內裏；
他坐下，他點了杯咖啡，
他沉默不語。
那人靜靜審視他，繼而喋喋不休。
有一首曲子，他熟悉：
Last, Lonely and Wrethed.
他居然能擺出莊嚴的臉孔；
他反駁那人的論點。
所謂文學的鶴的與社會文學。
他揮舞手勢，賣弄激烈的言辭。
他陷入一種狂熱。

狂熱。

那人瞪大眼睛，

在昏光中他鄙夷嘲笑的臉像撕裂的暗紫的花，

那人棄他而去。

一切陷入無聲——

他回到他的小屋，

他思想片刻；

入睡前，他奮筆疾書。

這是他唯一的，最後的告白：

1. 我迷信那種自然邂逅以至於結合的方式。我相信在此種方式中，俱見人類原始本性之真誠。男女相悅應視之為一獨立事件，超乎社會之習俗與道德之限制。我已窺知一種時勢，在未來（廿一世紀罷）男女相處之形式將是如此的：(1)男女相愛則結合(2)愛消失時則分離。極言之，無相愛而不能相處之理，亦無不相愛而勉強相處之理。至於今日所謂婚姻，在彼時已失卻意義。男女之結合與分離完全歸之於意願，外在之因素無任何之約束力。

2. 若有人認為這只是一種虛幻之理想，現實不能實現，那就錯了。我曾參研過原始蠻荒民族之求愛方式，類乎吾所預知之景況。部落之舞集是他們規畫的求偶的時機，他們扭動著身軀，以眼神及舞姿的協合來表達愛意；當他們彼此中意之時，他們便逐漸隱入叢林中。或者自此開始他們共同的生活。若舞踊之時，彼此不能應合，則一方自然扭動跳開，純淨而無糾葛。

3. 至於今日之追求，吾視之為一種違反自然的生硬的形式。那種造作、矯飾、巧語與不屈不撓的精神，是文明造成之產物（甚者已被視為今日之美德）。我以為文明所謂之美德，嚴格審視之，泰半是違反自然的。

4. 我堅持吾所沉迷之方式，棄絕追求。在今日社會，堅持自身的選擇仍是可能的。或許有人鄙棄我之作法，但是據一種立場並不能以之反對另一種立場。

5. 別人或以為我是一介理想主義者。在於我，並不作如是觀。因為，所謂「理想」直到現在於我俱是真實。至於廣大的人類，關於愛以及種種，我有一種信心，寄望之於未來。

6. 衡之你我，你之棄我而去，並非我「理想」之挫敗。貼切而言，應歸咎於你自身以及你背後巍然而立的社會。

你本想飛越你的生活，列身於一股清新魅人的激流裏。但曾經牢繫於你身上，你原本欲揚棄的親情（凡俗謂之美德），又將你拉了回去。若說，在這事件裏有所謂成敗的話，挫敗的是你。

至於我，我即將消逝任何的感傷。在這事件之後，我並未改變我原來的姿態。我將屹立如前。當我欲向未來再跨一步之時，我已忘卻我曾經鄙夷過你的退縮。那時，我再度純淨一如初生的嬰兒。

——一九七四年

初版後記

我自少年時代開始寫作，詩、散文、評論都曾嘗試，一度還迷上舞台劇。這是一個文學青年的一般歷程。如今，我只留下〈牡丹秋〉一篇作為紀念，是大三時在一家聖教堂學生宿舍寫就的，教堂是日式的屋舍庭園，我躲到禮拜堂旁的書房的靜穆中，也不知為何而寫，正如至今我不知何以篇名〈牡丹秋〉，二十幾年後重讀憬然發覺篇中所欲表達的唯「肉體自由」四個字。時在六、七〇年代之交，心靈已被制約動輒得咎，或心靈永遠是自主自由的，兩者都不必再多言說，倒是肉體受困有甚於心靈，可能肉體最難脫困於心靈。〈牡丹秋〉是為當時肉體的困境而寫嗎？我不確定。

〈微細的一線香〉始見真正有意寫小說，一種「文學的使命感」在背後驅策，寫得坎坎坷坷，鑿痕處處，我年輕時一個龐大的文學夢想，寫作〈家族史〉之前的一篇試筆。我不喜這般所從來的小說，不過猶記得當時落筆儼然，是蒼白而嚴肅的文學青年立志寫的「大而正統」的作品。

甚多因緣，促成我在三十歲之後隱居淡水，十年間，餘事不談，就寫作上我嘗試寫各種文體、試驗各種可能的形式，大半失喪於字紙簍垃圾袋，留下一些斷簡殘篇，〈逃兵二哥〉、〈調查：敘述〉寫於這個時期，「主題逼壓」與「形式實驗」兩者切磋成這樣類僵化了的東西。

十年間去掉了許多禁忌和背負。十年後出淡水自覺是一個「差不多解放了自己」的人，當然也解放了文學青年以來的文學背負，在我寫〈拾骨〉時才初次體會寫作的自由，其中源源流動的韻。這兩者，「書寫自由」與「小說之韻」，在隨後的〈悲傷〉一篇中得以確認。

這是一九九五年我第一本出版的小說集，但並非全是早期的作品，《十七歲之海》一書蒐集了更多早期的寫作。令我恍然的是，二十五年後書寫的《鬼兒與阿妖》竟有〈牡丹秋〉的掠影浮光，恍惚相識的肉體，殷殷言說相似的「肉體自由」。

肉體仍不自由嗎，何必花費這麼多文字來確定「自由」。生命仍不自由嗎，否則「書寫自由」怎會成為生之唯一完整的自由。

感謝原出版本書的《文學台灣》雜誌社諸位先生，九〇年後我發表的作品全在《文學台灣》刊載。

感謝麥田出版社陳雨航先生、王德威先生、秀梅小姐。

——二〇〇一年

舞鶴創作年表

一九七四　小說〈牡丹秋〉發表於《成大青年》第二十八期，獲成功大學鳳凰樹文學獎。其餘高中、大學時期發表多篇詩、散文、小說，已散失。

一九七五　〈牡丹秋〉發表於元月號《中外文學》。

一九七八　小說〈微細的一線香〉發表於《前衛叢刊》第一輯，同時入選《六十七年度小說選》（書評書目版，李昂編選）、《一九七八年台灣小說選》（葉石濤、彭瑞金編選）。

一九七九　中篇小說〈十年紀事〉發表於《前衛叢刊》第三輯，後改題〈往事〉收入《十七歲之海》。

一九八一－一九九〇　閉居淡水，閱讀之外，亦作寫作實驗，但未發表。可以確定〈逃兵二哥〉寫於一九八五年，〈一位同性戀者的祕密手記〉寫於一九八六年。

一九九一　九月離開淡水。十二月發表〈逃兵二哥〉於《文學台灣》創刊號。

一九九二　〈逃兵二哥〉獲吳濁流文學獎。

一九九三　三月發表〈調查：敘述〉於《文學台灣》第二期，入選《八十一年度小說選》（爾雅版，雷驤編選）。

四月發表〈拾骨〉於《文學台灣》第七期，入選《一九九三台灣文學選》（台灣筆會策劃，鄭清文編選）。

一九九四　一月發表中篇小說〈悲傷〉於《文學台灣》第十期，入選《一九九四台灣文學選》（台灣筆會策劃，彭瑞金編選）。

一九九五　一月發表中篇小說〈思索阿邦．卡露斯〉於《文學台灣》第十四期。

出版中短篇小說集《拾骨》（《文學台灣》策劃，春暉出版）。

出版中短篇小說集《詩小說》（台南市立文化中心出版，本書整理部分八〇年代實驗之作）。

《拾骨》、《詩小說》獲賴和文學獎。

一九九六　續寫〈思索阿邦．卡露斯〉另三章，陸續發表於《文學台灣》。

〈一位同性戀者的祕密手記〉發表於《中外文學》小說專輯。

一九九七 出版長篇小說《思索阿邦・卡露斯》（元尊），獲中國時報文學獎推薦獎。

一九九九 出版中短篇小說《十七歲之海》（元尊）。
發表中篇小說〈漂女〉於《文學台灣》第三十二期。

二〇〇〇 一月出版長篇小說《餘生》（麥田）。
八月出版長篇小說《鬼兒與阿妖》（麥田）。
《餘生》獲台北文學獎創作獎、中國時報開卷十大好書獎、聯合報讀書人最佳書獎、東元獎台灣小說獎、金石堂二〇〇〇年最具影響力好書等。

二〇〇一 四月出版《餘生》精裝珍藏紀念版（麥田）。
七月出版《悲傷》（麥田）。

二〇〇二 一月出版長篇小說《舞鶴淡水》（麥田）。
二月出版長篇小說《思索阿邦・卡露斯》（麥田）。
八月出版中短篇小說集《十七歲之海》（麥田），比元尊版新增收錄中篇小說〈漂女〉。

二〇〇七 四月出版長篇小說《亂迷》（第一卷）（麥田）。

二〇一一 《餘生》法文版 *Les Survivants* 由巴黎ACTES SUD出版公司出版。

二〇一七　《餘生》英文版*Remains of Life*由美國哥倫比亞大學出版社（Columbia University Press）出版。

國家圖書館出版品預行編目資料

悲傷 / 舞鶴著. -- 二版. -- 臺北市 : 麥田出版 : 家庭傳媒城邦分公司發行, 2019.08
面； 公分. -- (舞鶴作品集 ; 1)

ISBN 978-986-344-681-1(平裝)

863.57　　108010256

舞鶴作品集 1

悲傷（全新珍藏版）

作　　者　舞　鶴
責任編輯　林秀梅

版　　權　吳玲緯　郭哲維
行　　銷　巫維珍　蘇莞婷　黃俊傑
業　　務　李再星　陳紫晴　陳美燕　馮逸華
副總編輯　林秀梅
編輯總監　劉麗真
總 經 理　陳逸瑛
發 行 人　涂玉雲

出　　版　麥田出版
104台北市民生東路二段141號5樓
電話：(886)2-2500-7696　傳真：(886)2-2500-1967
發　　行　英屬蓋曼群島商家庭傳媒股份有限公司城邦分公司
104台北市民生東路二段141號11樓
書虫客服服務專線：(886)2-2500-7718、2500-7719
24小時傳真服務：(886)2-2500-1990、2500-1991
服務時間：週一至週五09:30-12:00・13:30-17:00
郵撥帳號：19863813　戶名：書虫股份有限公司
讀者服務信箱E-mail：service@readingclub.com.tw
麥田部落格：http://ryefield.pixnet.net/blog
麥田出版Facebook：https://www.facebook.com/RyeField.Cite/

香港發行所　城邦(香港)出版集團有限公司
香港灣仔駱克道193號東超商業中心1/F
電話：852-2508 6231
傳真：852-2578 9337

馬新發行所　城邦(馬新)出版集團〔Cite (M) Sdn Bhd.〕
41-3, Jalan Radin Anum, Bandar Baru Sri Petaling,
57000 Kuala Lumpur, Malaysia.
電話: (603) 9056 3833
傳真: (603) 9057 6622
E-mail：services@cite.my

印　　刷　前進彩藝有限公司
書封設計　黃瑪琍

初版一刷　2001年7月1日
二版一刷　2019年8月1日
定價／340元
ISBN：978-986-344-681-1

cite城邦媒體 麥田出版

Rye Field Publications
A division of Cité Publishing Ltd.

廣	告	回	函
北區郵政管理局登記證			
台北廣字第000791號			
免	貼	郵	票

英屬蓋曼群島商
家庭傳媒股份有限公司城邦分公司
104 台北市民生東路二段141號5樓

請沿虛線折下裝訂，謝謝！

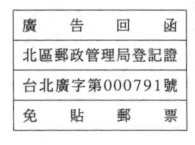

讀者回函卡

cite城邦媒體

※為提供訂購、行銷、客戶管理或其他合於營業登記項目或章程所定業務需要之目的，家庭傳媒集團（即英屬蓋曼群島商家庭傳媒股份有限公司城邦分公司、城邦文化事業股份有限公司、書虫股份有限公司、墨刻出版股份有限公司、城邦原創股份有限公司），於本集團之營運期間及地區內，將以e-mail、傳真、電話、簡訊、郵寄或其他公告方式利用您提供之資料（資料類別：C001、C002、C003、C011等）。利用對象除本集團外，亦可能包括相關服務的協力機構。如您有依個資法第三條或其他需服務之處，得致電本公司客服中心電話請求協助。相關資料如為非必填項目，不提供亦不影響您的權益。

☐ 請勾選：本人已詳閱上述注意事項，並同意麥田出版使用所填資料於限定用途。

姓名：__________ 聯絡電話：__________

聯絡地址：☐☐☐☐☐__________

電子信箱：__________

身分證字號：__________（此即您的讀者編號）

生日：____年____月____日　性別：☐男　☐女　☐其他__________

職業：☐軍警　☐公教　☐學生　☐傳播業　☐製造業　☐金融業　☐資訊業　☐銷售業

☐其他__________

教育程度：☐碩士及以上　☐大學　☐專科　☐高中　☐國中及以下

購買方式：☐書店　☐郵購　☐其他__________

喜歡閱讀的種類：（可複選）

☐文學　☐商業　☐軍事　☐歷史　☐旅遊　☐藝術　☐科學　☐推理　☐傳記　☐生活、勵志

☐教育、心理　☐其他__________

您從何處得知本書的消息？（可複選）

☐書店　☐報章雜誌　☐網路　☐廣播　☐電視　☐書訊　☐親友　☐其他__________

本書優點：（可複選）

☐內容符合期待　☐文筆流暢　☐具實用性　☐版面、圖片、字體安排適當

☐其他__________

本書缺點：（可複選）

☐內容不符合期待　☐文筆欠佳　☐內容保守　☐版面、圖片、字體安排不易閱讀　☐價格偏高

☐其他__________

您對我們的建議：__________